RANG REN LEIWANGWANG DE BAOZANG

"Hello 侦探小子" 系列

阳光慧 著

让人泪汪汪的宝藏

广西人民出版社

图书在版编目（CIP）数据

让人泪汪汪的宝藏 / 阳光慧著. —南宁：广西人民出版社，2009.6

（Hello 侦探小子）

ISBN 978-7-219-06601-0

Ⅰ. 让… Ⅱ. 阳… Ⅲ. 侦探小说－中国－当代 Ⅳ. I247.5

中国版本图书馆CIP数据核字（2009）第 053123 号

监　　制　江　淳　彭庆国
项目策划　马妮璐
责任编辑　马妮璐
责任校对　周月华　林晓明

出版发行　广西人民出版社
社　　址　广西南宁市桂春路 6 号
邮　　编　530028
网　　址　http://www.gxpph.cn
经　　销　全国新华书店
印　　刷　广西大一迪美印刷有限公司
开　　本　787mm×1092mm　1/32
印　　张　6
字　　数　100 千字
版　　次　2009 年 6 月　第 1 版
印　　次　2009 年 6 月　第 1 次印刷
书　　号　ISBN 978-7-219-06601-0/I·1157
定　　价　13.50 元

侦探城堡欢迎你

阳光漫天照射。

蓝蓝的海边，矗立着一座古色古香的侦探城堡。

堡内幽幽，透射着阳光。

一位天使一样的神奇小女孩静坐在里面思考。

漂亮的小梅花鹿踏着灿烂的阳光，轻巧地跑来。

"你是谁?"小梅花鹿眨着漂亮的眼睛。

樱花瓣一样的唇向上弯起，女孩子脸上闪出自信开朗的笑容。

"智慧闪亮，阳光流淌，我是阳光慧。"

"原来是侦探小天后，请问你在这里……"

"闭关修炼。我要用真诚和爱，用智慧与幽默，尽快创造出更好的作品，和亲爱的弟弟妹妹们分享!"

小梅花鹿欢快地摇尾巴，"太好啦! 真为小朋友们高兴。能透露一点新作品的信息吗?"

阳光慧满脸幸福，坚定地说道："快乐＋美好，惊险＋刺激，阳光＋推理，勇敢＋侦探!"

小鹿在地上蹦跳："那肯定非常好看!"

"对，我会尽我最大的努力，写出最好的作品送给小朋友们，因为，我爱他们! 他们就是我的阳光，他们就是我生命里最好的朋友! 我会邀请他们到侦探城堡做客，到推理会客室交流，共同成长。"

阳光慧

侦探小天后推理会客室

主持人：侦探小天后

嘉　宾：松下静子（女孩）

　　　　杰　克（男孩）

　　　　爱丽丝（女孩）

 侦探小天后：

"首先欢迎三位外国来的小侦探！好，我开始出题了：如果你和一个衣着体面的人擦身而过，他走路迈大步带小跑，不时看看手表，手拿一个公事包，他穿着黑色的上衣，背部有着白色的汗渍，他用手背轻轻擦拭眼镜镜片。此刻为早上七点左右，但气温已近三十二度，他脚上穿的黑色皮鞋沾满了灰尘……

"以上就是一个陌生人留给我们所能看到的表面印象，我们能从中知道什么呢?"

 松下静子：

"这个人是个衣着体面的上班族，刚从开着空调的的士中出来。他刚刚因赶不上公车而气恼。现在正赶往公司上班。他快迟到了。"

 杰克：

"对，早上七点是上班高峰期，他手拿公文包赶路，应该是上班族。不时看手表，说明他对时间很在意。一个上班族对时间很在意，说明他赶时间去上班不然就会迟到。"

 爱丽丝：

"他的皮鞋之所以会沾满灰尘，是因为他追赶公车。在这闷热的夏天早晨，不仅地上尘土多，而且还会因跑动而出汗，他身穿黑色上衣，黑色布料在沾上汗液后会在汗液干掉的情况下出现汗渍，颜色为白色。在这种气温下人不会很快停止出汗，衣服也不会马上干掉。而且他不停地擦眼镜。可以推测他是刚从一个低温的环境中出来，冷遇热，就会在眼镜片上形成一层白雾。在这种天气里，只有刚从空调环境中出来才会出现这些情况。"

 侦探小天后：

"三位小侦探果然名不虚传！另外，告诉大家一个好消息，在姐姐的下一本书《探秘西游记城堡》（书名暂定）中，将会邀请三位侦探参加，不光如此，到时候会有几百名侦探大聚会哟！"

目　录

一本奇怪的书

周末，学校的班干部们进行了一次义务劳动：整理学校的图书馆。学校的图书馆已经好久没有人整理了。

一个胖男生站在椅子上，又扭屁股又扭腰，嘴里哼着小曲，双脚不停地跳动着。他哈哈笑着说："怎么样？文文，我能在椅子上跳舞耶。"

孔文文看着他忍俊不禁，她让胖男生从椅子上下来，

他实在太胖了，孔文文担心椅子承受不了他的体重，到时候要是摔下来可就惨了。

"文文，怎么不说话了？我才不胖呢，这不是明摆着吗？"胖男生跳着叫着证明给孔文文看。

孔文文撇嘴，"好啦，你别跳舞啦，再跳下去，椅子可就受不了啦。"她指了指胖男生脑袋旁边的书本，"把那本《生活小常识》递给我，那本书属于课外读物一类的。"

"哦，好的。"胖男生扭头抽出书本，探出身子递给文文。正当文文伸出手要接时，胖男生脚下的椅子突然摇晃起来，他的身体也跟着颤动起来，接着，书本飞了出去。

文文一下子愣住了——椅子的一条腿要断了。

"啊！救命啊——"胖男生的脸色吓得又青又白。

还没等其他人反应过来，"砰——"胖男生摔了下去，重重地砸在地板上。"哎……哟……"他叫起来。

文文瞪大眼睛，急忙扶起他，"你没事吧？"

"你看我摔成这样，能没事吗？"胖男生哭丧着脸。

其他的班干部也赶紧围了过来，"去医务室看看吧。"

几个人把胖男生扶到医务室后，又回图书馆来继续整理。

"刚才真把我吓一跳！"一个女生说，"还好，他没什么大碍。"

"之前，他非得爬上椅子去整理书本，我怎么说他都不下来。他不承认他胖，为了证明给我看，还在椅子上跳舞。这下可好，椅子承受不了他的重量，把他给摔下来了。"文文苦笑着。

"呵呵……"女生笑起来。

"文文，你们班是不是有个很厉害的人？"有一个叫兰兰的女生凑过来。

"厉害的人？我们班的人都很厉害。"孔文文呵呵笑着。她喜欢这样夸赞自己的班级，她可是班长哪，所以即使再笨的同学到了她的眼里，那也是无比聪明的。她认为每个人都有优秀的一面，只是没表现出来而已。她也不是光想不说的人，她很坦率，就因为这样，她班里的同学个个都非常拥护她，她这个班长当得十分开心。

"文文，你果然很有班长风范嘛，看来我得向你多学习学习，懂得欣赏自己班里的同学才是一个好班长。"兰兰笑着说。

"哈哈，夸得我都有些不好意思啦。"孔文文笑得更欢了。

"你们班的孟淘淘，听说他的侦探能力挺强的，很有两下子，是这样吗？"兰兰继续问。

"他呀，那哪能叫厉害哟，只不过是瞎猫碰上死耗子罢了，没你想的那么厉害。"孔文文把纸箱里的书本一本

本放上书架。淘淘是个福尔摩斯侦探迷，虽然他在侦探方面确实挺有本事，但文文从来不在别人面前夸他，淘淘可是个特容易骄傲的人。

"是吗?"兰兰半信半疑的样子。

"哎呀，别讨论他了。说点别的有趣的事，"孔文文似乎想到了什么，她叫了起来，"哦，《生活小常识》还没捡起来呢，好像飞到书架下面了。"

孔文文蹲下身子，探着头看，书架底部的光线太暗了，看不见书在哪个位置。

她只好拿来了扫帚，身子贴着书架，想用扫帚把书本弄出来。无意间，她看见书架与书架之间的缝隙里，似乎夹着一本书，她把眼睛贴在缝隙边，仔细地盯着，应该是书，但只能看到一个小角。

"小颖、兰兰，你们过来一下。"孔文文叫了两个人帮忙。三个人一起把书架向外挪了一下，果然有一本书从夹缝里滑落下来，文文捡起书本，拍了拍上面的灰尘，这是一本《阳光侦探事件簿》。

孔文文翻了翻书本，看到借书卡上只有一个人借过，而且还是五年前的记录。

她盯着书架的夹缝，这本书居然在那里待了五年，怎么回事?

4

　　孔文文又看看手中的侦探小说，心想，淘淘最喜欢看侦探小说，干脆借回去给他看，然后再让他讲故事，听故事比看故事要轻松得多。有一次，她买了一本《福尔摩斯探案集》看，故事是精彩，不过看起来挺费劲的，毕竟那是给大人们看的小说。

　　想到这，文文又拿起扫帚，慢慢地扫着书架下面，没多久，《生活小常识》就被扫了出来。

　　忙了一个下午，班干部们终于把图书馆整理得干干净净，井井有条。

孔文文拿着《阳光侦探事件簿》疲倦地回家了，她得好好地睡一觉，明天是星期一，在学校里把书给淘淘好了。

星期一。

淘淘走进教室，刚刚把书包塞进课桌，文文便迎了上来，把《阳光侦探事件簿》往课桌上一放：

"淘淘，给你看。"

淘淘高兴地拿起书本，"侦探小说，哪来的？"

"图书馆借的。"

"图书馆？奇怪，我怎么没见到过？每次去图书馆我都是去找侦探小说的。"

"昨天整理图书馆，在书架的夹缝里看到的，知道你喜欢读侦探方面的书，就拿过来给你看喽。"

"谢谢啦，好班长。"淘淘笑了。

"不客气，记得看完后讲故事给我听哦。"孔文文笑着走开了。

"OK！没问题。"淘淘坐下来，急忙翻开书看。

课间，淘淘打开《阳光侦探事件簿》继续看，书本里的小主人公好厉害哟，而且还挺幽默的，故事情节不仅引人入胜，还非常感人，越看越觉得是一本难得的好书。

"淘淘,在看什么呢?"喜欢跟淘淘斗嘴的女生安琪冷不防拍了一下他的肩膀。

淘淘合上书本,瞪着她,"喂喂,你怎么总爱吓人呀?不要突然拍我好不好?"

"我吓人?是你的胆子太小了吧,莫名其妙。"安琪也瞪着他。

安琪的这种表情让淘淘想到了她的爱犬咕噜,那可是一只厉害的大狗呀。"算了,不跟你计较了,我要看书了,别烦我,拜托啦。"

"我又不是存心烦你的,只是想找你聊聊天嘛,"安琪笑了笑,"我跟你一起看,怎么样?"

淘淘低头不语,继续看书。

"不说话是不是代表同意?"安琪推了一下他的身体,"坐过去一点啦,站着看不清楚。"

淘淘嘟着嘴,给安琪腾出了位置。

"谢谢啦。"安琪也认真地看起来。受淘淘的影响,安琪对侦探小说的兴趣也蛮大的。

不一会儿,她说道:"淘淘,你认为是谁干的?我认为是他,但感觉又是她……"

淘淘没理她,心里却生气了,看书就看书呗,怎么这么多话?像只鹦鹉似的,叽里呱啦说个没完。

又过了一会儿，安琪的话匣子又打开了，"哇，原来是这个人做的，我怎么就没想到呢，太出人意料了，淘淘，你推理出是他了吗?"

淘淘还是忍着，谁叫安琪是他的邻居呢。他最讨厌看书的时候被人打扰了，特别是看好书的时候遇到像她这样不安分的人。

"哎呀，原来他是有苦衷的，太感人了……"安琪说着，眼角落下了泪珠儿。

"安琪，你的嘴巴能不能停一下?"淘淘终于忍不住了，结果安琪没有听见这句话，上课铃声响了，他的声音被掩盖了。

"我回座位了，下课再来。"安琪抹了一下眼泪，离开了。

淘淘耷拉着脑袋，"下课还来呀? 饶了我吧。"

课间来临。

安琪又来到淘淘的座位，她看着空荡荡的位置，咦，人呢? 跑哪儿去了?

"你知道淘淘上哪去了吗?"安琪问淘淘座位后面的同学。

"我只看见他冲出教室，手里拿着书。"

"谢谢你。"

安琪走出教室，放眼向前望，操场上的人好多啊。

"可恶的臭淘淘，居然敢躲着我，放学回家非得让咕噜好好'招待'你不可。"正抱怨时，淘淘捂着肚子跑来了，样子似乎挺痛苦的。

"你怎么了？"安琪见状，怒气一下子全消了，她赶紧跑过去扶住淘淘，"你怎么了呀？"

"我的肚子被球给踢了，"淘淘眯缝着眼偷偷地看了安琪一眼，看样子，她不生气了，放学后应该是安全的。刚才他坐在树荫下看书时，确实差一点被飞来的足球给击中，吓得他冒了一头冷汗。操场上的足球飞来飞去的，不安全，所以他只好回教室看书，谁知安琪已经气呼呼地在教室门口"恭候"着他了，没办法，为今之计，就是装倒霉。"说错了，说错了，不是被球踢了，是球打到我了，哦，不对，不对，是跟飞着的球相撞了……好像又不对……"

"哎呀，别管它对不对啦，快去医务室！"安琪很是焦急。

淘淘搭着她的肩膀，几乎整个重心都倾向了安琪，得让她吃点苦头，谁叫她总是很霸道，爱欺负自己呢？

"你怎么那么重呀？"安琪显得有些吃力。

"嘿嘿，"淘淘笑了笑，"可能是我强壮吧。"

"淘淘，你怎么了？要不要帮忙？"班里的小勇抱着篮球跑来。

"太需要了，你背他去医务室，他肚子受伤了，被球

9

击中啦！"安琪好像见到了救星，立刻把淘淘推给小勇。

"好的，我的力气大得很，淘淘相当于瘦猴子，背只猴子没问题。"小勇把篮球递给安琪。

"瘦猴子？我的天呀，小勇同学你可真会比喻呀！"淘淘撇嘴。

于是，小勇背着淘淘，安琪跟着，来到了学校医务室。医务人员看了一下淘淘的肚子，用听诊器检查了一会儿，又捏了一下肚皮，然后露出笑容说淘淘没事。

听到医务人员说自己没事，淘淘怕露出马脚，要是让安琪知道他是装病，那可就完蛋喽。于是，他急忙捂着肚子"哎哟，哎哟"地叫起来。

安琪看着淘淘的痛苦状，"没事？可是他看起来似乎很痛的样子呀，麻烦你再给他检查检查吧。"

医务人员只好又给淘淘检查，还量体温什么的，最后得出结论：没什么问题。

淘淘忍不住有点急了，难道是自己演技不够好，装得不像？他索性把心一横，用手按着肚子，闭上眼睛哇啦哇啦地"惨叫"起来：

"哎呀，疼死我了！"

"哎呀，怎么就这么疼呢？"

"我的妈呀，疼死我啦……"

一旁的安琪急得都快掉眼泪了，她扶着淘淘，担心极了，"淘淘，你怎么样了？淘淘，你不要紧吧……"

淘淘从眼角缝隙里偷看安琪，不免暗自得意，嘿嘿，看来我淘淘还是当电影明星的料呀。

"医生，请你救救他吧！你看他，疼得都快受不了啦！我想，撞他的那个足球肯定飞得很快……"

医务人员似乎也有些糊涂了，他挠了挠头，自言自语道："检查……是没查出什么问题呀，难道是仪器坏了？"

淘淘一边嗷嗷叫，一边在心里偷笑。

"我想，可能是心理作用吧，"医务人员看着安琪，"要不，我给他开一点止痛药？"

"吃药效果太慢了，干脆打针吧，这样快些。"安琪扑闪着大眼睛。

"那好吧，就打一针。"

淘淘一下子傻住了，心想，哎呀，这下子完蛋了，搬起石头砸到自己的脚了，自小他就怕打针，这可如何是好？都怪自己演技太好，装得太逼真了，怎么办？

"我……我不打针！"淘淘抬头叫。

"淘淘，你必须打，不然你的肚子还会很疼……"安琪看着他。

看着她焦虑的眼神，淘淘真是有苦说不出，我一点儿

11

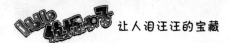

病也没有打什么针？可是那边，医务人员已经把针准备好了。

"可是，可是……"淘淘急得团团转，"我，我……怕打针！对，我害怕打针，我不打！坚决不打！"

"别这样，淘淘，打针有什么好怕的呢？再说了，你不一直说自己是男子汉吗，男子汉怎么可能怕打针呢？"

"可是，可是……"淘淘哭丧着脸，一副有苦难言的模样。

扭扭头，医务人员手里尖尖的针头，实在让人害怕，淘淘忍不住打了一个寒战。

"我，我，我……"淘淘语无伦次，"我不打针，我不打针！啊，我好了！肚子不疼了，对，一点儿也不疼啦！"

说完，淘淘拔腿就跑，安琪急忙拉住他。

"你刚才疼得那么厉害，现在怎么可能一下子就好了呢？淘淘，不要害怕打针，身体重要，打上一针就会好了，来，快打。"

我的天呀，这可怎么办呢？淘淘暗暗叫苦。他想挣脱开，但那不就暴露自己是装病吗？这可怎么办呢？淘淘急出一身冷汗，看来自己种的苦果要自己吃了。

没容他多想，医务人员便把他拉到里面的房间，打了一针。

淘淘疼得"啊啊"大叫："救命啊，救命啊！"

安琪在外面听到他的鬼叫声，忍不住笑道："这个淘淘，真是的，这么怕打针，跟个三岁小孩子似的。"

呜呜，以后绝不能再装病了，淘淘捂着屁股从里面一瘸一拐地走出来。

安琪赶紧过来扶他，"淘淘，怎么样了，肚子还疼吗？"

淘淘没好气地看着她："现在是头疼！"

回到教室。

淘淘趴在课桌上发呆，书被安琪借去看了，不知道得等几天，他已经看了事件一，事件二正好看到了关键时刻，就是主人公的推理秀……他好想知道结果呀……可恶的安琪，简直是一个活生生的现代版程咬金嘛……

而且，还让自己的屁股白白挨了一针，哎哟……现在还在疼呢。

放学后。

淘淘刚背上书包，安琪就跑过来拉住他，"先别走。"

"什么事呀？"淘淘瞪着她。

"班长，你也等等，有话跟你说。"安琪也叫住了孔文文。

文文走到他们跟前，"什么事？"

"等所有的人都走完了……再说。"安琪轻声地说，一脸神秘。

淘淘和文文有些莫名其妙，什么事这么神秘？

教室里只剩下他们三个人了。

安琪赶紧拿出《阳光侦探事件簿》，然后翻到其中一页，"你们看!"

淘淘和文文凑过去看，只见页面上有几个字被橡皮涂掉了，换成了用铅笔写的很奇怪的话，联系前面的几个字，读起来就是：我最宝贵的东西——在《白雪公主和七个小矮人》里。

"白雪公主和七个小矮人？谁写的？是什么意思？"孔文文思考了起来。

淘淘则一副漫不经心的样子，"你们研究吧，我先回家。"

"喂，臭淘淘，站住，你不觉得这句话的意思是指宝藏吗？"

淘淘没在意，安琪却很在意，她寻思着，最宝贵的东西，那就是宝贝啦，这上面的话可能就是谜题，谜底就是宝藏。

"宝藏？无聊，说不定是有人在恶作剧呢。"淘淘向前迈步。

"喂，你看看借书卡呀，这本书五年没有被人动过了耶，你不觉得奇怪吗？"安琪看着淘淘的背影，大声说。

"这本书是我在书架的夹缝里找到的。"文文看着安琪。

"夹缝？"安琪想了想，"那就更对了，这本书是重要的线索，所以会被人刻意藏在夹缝里……文文，我感觉这句话就是指宝藏的所在地，你说呢？"

"似乎有道理，"孔文文点了点头，然后又摇了摇头，"宝物？这有可能吗？"

"有些事你认为不可能的，它却往往最有可能发生！"安琪的眼里闪烁着对宝藏渴望的光芒。

"嗯。"孔文文又点了一下头，安琪说的也不无道理。

"那我们回家后再好好研究一下这句话的含意。"安琪笑着跳出教室。

文文走在她后面，"让淘淘也加入我们的寻宝行动吧，他可是得力助手，有了他，我们寻宝的速度就会更快的，我也很想尽快知道结果。"

"没问题。"安琪笑呵呵的，"我有办法让他加入。"

被迫寻宝

第二天放学，淘淘向文文请教一道数学难题，两个人还没离开学校。

没多久，安琪突然出现了，身后跟着她的爱犬咕噜。其实她早上就带它来了，只是寄放在学校警卫室。

淘淘和文文没注意安琪的到来。

安琪望着淘淘，笑得有点古怪，她低下头，俯在咕噜的耳旁轻语了几句，接着咕噜便冲到淘淘的身旁，用凶巴巴的目光盯着他，牙齿也咬得"咯咯"响。

淘淘被吓得手足无措，他立刻向后退缩。咕噜怎么冒出来了？还是一副凶猛的架势……它要干什么？

文文看了一眼淘淘和安琪，只是在一旁偷笑，她知道安琪带咕噜来的目的了。

淘淘看到安琪站在不远处盯着他，立即大叫："安琪你……你想干什么？"

"汪汪汪——"咕噜对着淘淘狂叫。

淘淘汗毛竖起，赶紧跑到一边，谁知咕噜也追了上去，淘淘不得不躲着它，他越跑越快，咕噜也越追越紧。

"救命啊——"淘淘回头望着身后的咕噜，它龇牙咧嘴，像是要咬人，"安琪——救命啊——"

"淘淘，别这样嘛，咕噜正在热情地'招待'你呢，你干吗要跑呢，真是的！"安琪放声大笑。

"你到底想干吗？快说呀！"淘淘喘着气，绕着课桌椅转圈，咕噜也跟着转圈。

"我研究了一夜，也想了一夜，越想越觉得那句话里有宝耶！"安琪大声说。

"不会吧，你又不是什么专家，怎么会研究呢？"淘淘望了安琪一眼，"先让咕噜离我远点再说吧，我快不行了！"

17

"不行，你得先答应我。"

"答应什么呀？"

"寻宝。"

"好啦，我参加就是啦，快……快点让咕噜离开。"淘淘叫嚷了起来，可恶！又用咕噜来威胁自己，没办法，只得认输啦。

两个女生相视而笑。

"咕噜，回来吧，你的任务完成了。"安琪一开口，咕噜就乖乖地回到她的身旁。

淘淘趴在课桌上喘着粗气，"真是累死我啦。"

"运动对身体很有好处，我也想让咕噜陪我跑步呢，可惜它比较喜欢你呀。"文文笑了笑。

"班长，你喜欢的话就试试，让狗追着跑。"淘淘没好气地瞪了文文一眼，看样子班长和安琪是串通好的，怪不得要在放学后才肯讨论数学难题。

安琪把《阳光侦探事件簿》递给淘淘，"书就先放你这儿了，回去后要好好推理，知道吗？"

"刚才我的问题，你还没回答呢，"淘淘望着她，"你怎么知道那句话指的是宝藏？"

"啊……直觉告诉我那是宝藏。"安琪笑了笑。

"直觉？你可真会开玩笑。"淘淘哼了一声，你的直觉有那么准吗，每次找不到理由就用直觉来搪塞。

"到时候找到宝藏，我们可以多分你一点。"文文笑着说。

无聊，这两个怪女生真是无聊到家了……

安琪拍了一下淘淘的肩膀，"好好干！前途无量哦。"

淘淘没理会她，抱着书本一脸不快地回家去了。

搜索剧场

第二天。

草坪上，淘淘耐着性子和安琪、孔文文讨论着：

"白雪公主和七个小矮人？到底是什么意思呢？"

"今晚学校的剧场里会上演童话剧《白雪公主和七个小矮人》。"

"啊?! 有这么巧的事?"

"什么这么巧，他们都排练好几天了。"

"书上那句话会不会指剧场里呢？"

"也许吧。"

"那宝物会藏在哪里呢？"

"当然是在白雪公主和七个小矮人里啦……"

"这不是废话吗？"

"道具里藏东西也是有可能的。"

"拜托，书上的话是五年前写的，就算是，也是指五年前的道具呀。"

"你不知道，学校剧场的道具已经好几年没换了。"

"我们去剧场看一下。"

三个小伙伴溜进了剧场，舞台上一些学生还在排练着童话剧。

他们又溜进了后台，后台没人。

"好多道具和服饰呀！"安琪轻声地说，这是她第一次进后台。

"《白雪公主和七个小矮人》的道具、服饰在哪里呀？"淘淘张望着四周的各种东西。

"是这个吗？"安琪从一个箱子里取出一件白色的公主裙。

淘淘赶紧凑过去，看了一下箱子上的贴条，"这是白

雪公主的服饰，贴条上标注了，赶快找装七个小矮人道具的箱子。"

"旁边这个箱子应该就是吧？"孔文文看了一眼箱子的表面，箱子上没有标签。她伸手打开箱子，就在她的脑袋往箱子前探时，"呜——"一声怪叫，箱子里蹦出了一只长长的假蜥蜴，孔文文吓得惊叫起来，不自觉地倒退了几步。

淘淘和安琪见状也大吃一惊，因为文文的这一叫好像惊动了前台排练的学生和老师，前台开始有点骚乱。

待前台的人往后台跑来时，淘淘他们慌忙躲了起来。

"刚才不是有叫声吗？"一个学生的声音。

"会不会有人在这里？"另一个学生的声音。

"那干吗要躲起来呢？除非是小偷。"

"那我们找找吧。"老师的声音。

三个小伙伴一听，都忐忑不安，这下完了。

怎么办？怎么办？躲在箱子里的淘淘直挠头。安琪和文文躲在更衣室，淘淘听到了开门和关门的声音。

奇怪的是他们并没有发现文文和安琪。其实更衣室并不大，里面也没有东西，只要一打开门便能看清里面有没有人。但同学们只是习惯性地推开门瞥了一眼，门并没有完全打开，她俩就躲在门后面。

"更衣室没人。"学生们说。

"找找箱子。"

淘淘的心一下子揪紧了，得想出个接招的法子呀，否则被当成小偷的话，那就惨了。

脚步声越来越近，看来只有主动出击了。

猛地一下，淘淘自己掀开盖子，然后迅速地微笑："老师，同学们好！"

在场的人都瞪大双眼看着他。

"你是谁呀？"一个同学急忙问。

淘淘正要回答，另一个同学替他答了，"我认得他，他叫孟淘淘，经常说自己是个侦探。"

"呵呵……"淘淘乐了起来，没想到自己在学校里还算是个"知名人物"。

"你在这里干什么？孟淘淘同学。"一个女老师盯着他。

"老师，您不知道，我想当演员，没办法，为了学一些基本技巧，就偷偷进来看你们是如何排练的。"淘淘低下头，声音听起来十分真诚，"对不起。"

"原来是这样。"同学们说。

文文和安琪为淘淘悬着的心也放了下来。呵呵，想当演员？亏他想得出来……

23

女老师走到淘淘跟前，"你喜欢表演是吗？"

淘淘点了点头。

"我们剧组里有一个男生病了，本来是想用道具充当一下，既然你喜欢表演，那我就决定让你来演那个角色，你愿意吗？"

"我愿意。"淘淘表现出非常高兴的样子，其实他心里是很不愿意的，谁叫他撒了个这样的谎话呢。

"好，我是周老师，怎么表演我会教你的。"周老师拍了拍手掌，"大家回到前台继续排练。"

"周老师，您要我表演什么角色呀？"淘淘随口问。

"苹果。"周老师边走边说。

"苹果？"淘淘有点纳闷，苹果那么小，人那么大，怎么表演呢？

到了前台，周老师从一个大箱子里取出一个非常大的红苹果，这个苹果道具上有两个小孔，是用来呼吸的。

"淘淘，过来。"周老师笑着说，"你要演大苹果，现在我把你装到里面，一会儿排演时，你蜷缩在里面不要动。"

淘淘盯着大苹果，那么小的空间，肯定会很难受。

"来呀，快点。"周老师打开大苹果的盖子。

后台的安琪和孔文文，此时已躲在角落里偷偷瞅着前台，看到淘淘要被迫扮演苹果，不禁感到好笑。

24

　　淘淘不情愿地走到大苹果跟前，探头望了一眼苹果的空间，还真小呀，这下可够受的。

　　"进去呀，不会太久的，记住千万不要动。"周老师叮嘱说。

　　淘淘应了一声，钻了进去，像只蚕蛹一样蜷缩起来。

　　周老师盖上苹果盖子，然后扣住，接着拍了一下手掌，"接着练，从白雪公主看到红苹果这一段开始排演。"

　　大苹果立着一动也不动，白雪公主一看，惊讶万分，"婆婆，这苹果好大呀！"

　　"姑娘，只有像你这么漂亮可爱的人才能享用它，吃吧。"婆婆笑着说，笑容里暗藏着杀机，她是皇后假扮的。

　　白雪公主微笑道："谢谢您，婆婆。"说完她朝苹果咬上一口，刚刚咽下去，立刻脸色苍白，然后晕倒了……

　　"OK!"周老师打了个手势，赞赏地说，"非常棒！"说着，她走到大苹果身旁，打开盖子，淘淘"呼啦"一下钻了出来，大口大口地吸着气。

　　"没事吧？淘淘。"周老师拍了拍淘淘的肩膀，"你很认真哦，一动也没动，非常好，晚上的表演你就一动不动地待在苹果里，知道吗？"

　　淘淘笑了笑，"知道了。"他的心里却纳闷了，他所要做的只是一动不动，为什么还要人来表演呢？

周老师看出了他的心思，"淘淘，想要演好戏，首先就得从最基本的开始，让你表演静态的东西就是基本功。"

"哦，是这样呀。"淘淘明白了。

周老师望着大家："现在排演第五段。淘淘，你可以回去了，傍晚六点半准时到这里。"

"好的，周老师。"淘淘望了一眼台下，安琪和文文不知什么时候已溜了出来，她们在座位的掩护下悄悄地向他招手。

淘淘走下台，掩护着两个女生，一起出了剧场。

"你们在后台那么久，找到七个小矮人道具的箱子没有?"淘淘小声问。

"没有。"两个女生摇头。

"难道刚才台上的那个箱子就是?"淘淘摸了摸头，"没关系，晚上还有机会。"

"而且……白雪公主的道具里，我们也没有发现可疑的东西。"安琪沮丧地说。

"其他的箱子也检查了，好像也没有可疑之处。"孔文文看着他。

"照你们这么说，白雪公主的道具没有疑点……那么七个小矮人的道具就更不可能有疑点啦，"淘淘想了一下，"这个推断是错误的。"

"不会吧?"安琪看着他,"淘淘,我们还没有找遍整个剧场呢,只是看了看道具箱而已,这么快就下结论了吗?"

"安琪,我看还是别找了,宝物只是你一相情愿的想法,别太固执啦。"淘淘有点不耐烦了,晚上他还得去表演那个憋闷的大苹果呢。

"怎么啦?说变脸就变脸,答应女生的事可不能反悔。"安琪嘟着嘴。

"真是的,用得着再三提醒我吗?我没那么健忘。"淘淘觉得挺委屈的,说完独自走开了。

安琪"哼"了一声,朝另一个方向走去。

只剩下孔文文站在那里干瞪眼。

话剧表演

晚上六点半。

淘淘准时到了剧场，七点钟就要正式上台表演了。

台下陆陆续续地来了很多学生。安琪和孔文文也早早来了。

七点钟。

小主持人在台上报幕完，灯光一闪，就进入了童话剧

《白雪公主和七个小矮人》的表演。

首先，一个大屏幕亮出了几幅画，加上生动的配音，一个童话故事开始了：从前有一个国王，他有一个非常可爱漂亮的女儿，因为皮肤洁白如雪，所以取名为白雪公主……

一段讲述后，灯光一亮，台上出现了一个小房子，还有七个小矮人，白雪公主从房子里钻出来，呼吸着林间清新的空气，嘴里唱着委婉动听的歌儿，鸟儿们也唧唧喳喳地伴起了奏……

台下的学生们看得津津有味。

半个小时后，情节进展到了皇后装扮成老太婆给白雪公主吃红苹果的那一幕。

"砰——"台上出现一团白雾，接着大苹果出现在了白雪公主的眼前……

台下的学生们看到这么大个的苹果都觉得很有趣，安琪和孔文文更是全神贯注地盯着大苹果。

大苹果里的淘淘在小空间里憋着，心里默念着：时间快点过呀，怎么上台表演就感觉时间过得好慢呀，快点，快点结束吧，人家在里面并不舒服呀。

正当白雪公主准备张嘴咬上一口大苹果时，苹果里的淘淘竟放了一个响亮的屁，白雪公主一听赶紧捂着鼻子和嘴巴向后退去。幕后的周老师见状，不明白是怎么回事，她急得直跺脚，嘴里轻喊："白雪公主注意状态呀——"

台下的学生们也有些纳闷。

台上的另外几个小演员一个个大眼瞪小眼，他们也不明白怎么回事，只有离大苹果最近的白雪公主才听到了淘淘放屁的响声。

白雪公主猛然间发现自己失误了，赶紧说："哇，好香的苹果呀，香得我都有点醉了。"

台下的学生们一听才恢复了正常状态，周老师慌张的心情也平静了下来。

大苹果里的淘淘却忍不住笑了起来，"这么臭，白雪公主居然说香，难道是我听错了？"他又吸了几口气，哎呀，快被熏死了！结果他无意识地动了一下，意想不到的状况发生了，大红苹果也动了动，接着滚了起来，向一旁滚去。

全场的人都惊呆了，大苹果里的淘淘也被滚得晕头转向的，他的脑子已进入了空白状态。

台下的安琪和孔文文赶紧叫道："快点！快点拦住苹果呀，苹果里有人呀！"

顿时全场的人都慌乱起来。

台上的人急忙去追苹果，可是苹果滚得太快了，它先是滚到墙壁，接着反弹了一下，继续滚动，滚下了台阶，

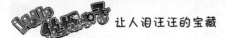

滚到了台下。

全场的人几乎乱成了一锅粥，他们都挤着去拦苹果。

周老师拿起话筒大声叫道："同学们请安静！马上回座位……"

台下的学生们一听老师下命令了，都乖乖地回到座位上。

安琪和文文焦急万分，不知道淘淘受伤了没有？

周老师来到台下，大苹果已经在一个墙角停住了。她打开苹果盖，淘淘蜷缩在里面，半眯着眼，他看到有几个周老师的影子重叠交错，不停地晃动着。

"淘淘——"周老师把淘淘抱了出来，"淘淘——"

安琪和孔文文好不容易才挤到苹果跟前，看到淘淘一副委靡的样子，都心疼得掉出了眼泪，"淘淘——"

"淘淘——"安琪叫道，"对不起！"

"淘淘，快说话呀，哪里受伤了呀？"孔文文担忧地看着他。

周老师抱起淘淘，"我送他去医院，苹果里有海绵垫，他伤得应该不会很严重。

安琪和孔文文跟在周老师身后，他们很快到了医院，因为医院就在学校对面不远处。

医生检查完病床上的淘淘，护士便推着他去病房休息。

淘淘并无大碍，只是局部有点红肿，休息两天就康复了。安琪、孔文文和周老师听了医生的话都松了一口气。

他们来到淘淘的病床边，淘淘正醒着，他微笑了一下，然后红着脸说："对不起！周老师，我不该放屁。"

"乖孩子，你并没有错，好好休息知道吗？"周老师坐在淘淘身旁，抚摸着他的头，一脸愧疚的神情，她认为自己没有把苹果固定起来是个大失误，淘淘毕竟还只是个孩子，喜欢动是孩子的天性，更何况突发这样尴尬的意外事件。

淘淘微笑着，他看了一眼安琪和孔文文，"我受伤了耶，怎么办？"

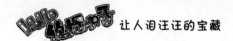

安琪和孔文文沉默着，心里很难受，如果不是为了寻宝，就不会发生这种事。

"有电话了，有电话了……"周老师的手机响了，"我去接个电话。"周老师说。

待周老师走出病房，安琪赶紧说："淘淘，我决定不逼你寻宝了，我，我放弃了……对不起!"

淘淘笑得更开心了，因祸得福，不用寻宝了，太好了!"谢谢你的同情，安琪。"他轻轻挑了挑眉毛。

孔文文看着淘淘，她知道淘淘在想什么，也笑了起来。

"淘淘，你还没说原谅我呢，你，你是不是很恨我?"安琪低下头，说话的声音显得很低沉。

"我真的好恨你，因为我现在浑身酸痛可都是你造成的哦。"淘淘假装生气道。

"真的吗? 我就知道，我就……"安琪的声音开始哽咽了起来，像是要哭了。

"开玩笑啦，你当真啦?"淘淘微笑着注视着她。

安琪还是没有抬头看他。

淘淘赶忙说："大苹果放了一个响亮的臭屁，可白雪公主却说，'好香啊! 香得我都有点醉了'。"

安琪听完终于忍不住笑了起来。

三个小伙伴相视着，哈哈大笑，笑得好开心。

重大发现

两天后。

班长孔文文又和其他班的班干部去打扫学校的展览室。

展览室里有很多学生的获奖作品，有奖杯、锦旗、作文，还有美术作品，真是琳琅满目啊！

孔文文小心翼翼地擦拭着奖杯，心想要是哪天自己也

能得个奖杯该有多好，这样就能在学校留下美名了，这是多么自豪的事呀！

"哇，这幅画看起来好生动呀，特别是白雪公主，简直栩栩如生。"一个班干部夸奖着墙上挂着的一幅画，这幅画被装裱在一个玻璃画框里。

"白雪公主?"敏感的孔文文立刻想到那句话：白雪公主和七个小矮人。她放下奖杯，走过去看，墙上的画作名称居然是：《白雪公主和七个小矮人》。

孔文文的眼睛一动不动地盯着画，《阳光侦探事件簿》里的那句话会不会就是指这幅画？作者的名字好熟悉呀，好像在哪见过或听过……立刻去告诉淘淘和安琪，看他们有什么想法。

想到这，孔文文冲出了展览室。

"文文，去哪呀？还有好多地方没清理呢。"一个男生叫道。

"有急事，我很快回来。"孔文文回头急忙答道。

乒乓球室，淘淘和安琪正在打乒乓球。

孔文文气喘吁吁地跑来了，张嘴喊着："找到了，我找到了……"

"找到什么了？"安琪睁大眼睛。

"班长说话怎么老是说一半呀？什么事把你激动成这样？"淘淘瞥了她一眼。

俩人继续打着乒乓球。

孔文文咽了一下口水，"淘淘，《阳光侦探事件簿》你看完了没有？"

"还没呢，你心急了？说实话我还不想那么早还回去呢，那本书真是太精彩了，我得多回味几次，不知道书店有没有精装版，我想买回家收藏。"淘淘笑了笑。

"淘淘，你的话还真多耶，我还没说完呢。"孔文文直

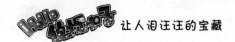

起身，"借书卡上的人名是什么？"

"我想想啊。"淘淘当时没注意看，也想不起来。

"我记得好像叫游小西。"安琪转了一下眼珠子。

"游小西——"孔文文呆愣了半刻，然后"哈哈"笑起来，"太好了！我真的找到了。"

"到底是什么呀？你想急死我们呀。"安琪看着她。

"《白雪公主和七个小矮人》在展览室里。"孔文文笑着说。

"真的？"安琪兴奋不已，乒乓球也不打了，她的寻宝念头再次被激发，原先是淘淘受了伤，她才不得已停止了寻宝计划。现在一听找到了，不由得手舞足蹈。

"哼，"淘淘轻哼了一声，"又来了。"

"这次应该是真的，展览室里有一幅画就叫：《白雪公主和七个小矮人》，作者叫游小西，和借书卡上的人名是一样的，难道这还有错？我想秘密就在那幅画里。"孔文文说得很快。

安琪越听越兴奋，寻宝有望了。

淘淘撇起嘴，"同名同姓的有的是，你怎么就这么肯定是同一个人？对了，声明一下，即使是同一个人我也不参与你们的无聊游戏。"

"是不是同一个人我觉得不重要，重要的是那幅画，看了画后也许就有结果了，我们赶快去吧。"孔文文有些期待。

"淘淘，你真的不参加?"安琪盯着淘淘。

"不——参——加——"淘淘特意加重语气。

"那找到宝藏可没你的份，到时你可别眼红哦。"安琪瞥了淘淘一眼，似乎宝藏就近在咫尺。

"别老说宝藏、宝藏的，好像真的有宝藏似的。"淘淘轻蔑地一笑，"你们是不是想宝藏想疯了?"

"你说什么?"两个女生顿时变了脸，"我们可不是财迷，只是好奇而已。"

"呵呵……"这次又得罪她俩了，淘淘赶紧赔笑，"别生气嘛，你们也知道我爱开玩笑，既然是玩笑就不要当真，对吗?"

"不理他了，文文，我们走。"安琪拉着文文向展览室的方向跑去。

"不讲理，"淘淘拿起乒乓球和球拍，面向墙壁，打起球来，"不理就不理，我一个人照样打。"

请求淘淘帮忙

两个女生刚跑到展览室门口便傻眼了，展览室锁门了，班干部们打扫完毕了。

孔文文张望四周，看到有一个女班干还没走远。

文文赶紧追上去，安琪也跟了过去。

"颜颜，等等。"孔文文边跑边喊。

颜颜停下脚步，回头看，"文文，有什么事？"

"你们怎么这么快就打扫好了，不是说还有很多活吗?"孔文文问。

"你离开后，关老师就带了几个同学来帮忙了。"颜颜说。

"原来是这样，那门是谁锁的?"文文又问。

"关老师。"

"谢谢你，颜颜。"

"不客气，我回家了，再见。"

"再见。"

"怎么办? 钥匙在关老师那里。"安琪无奈地说。

"我想到了一个办法。"孔文文笑了一下。

"什么办法?"

"我去找关老师，你在这里等我。"说完，孔文文又附在她耳边轻语了几句，然后跑向教师宿舍楼。

到了关老师的宿舍门口，孔文文敲了敲门。

关老师打开门。

"关老师好。"

"文文，有什么事吗?"

"老师，我家的钥匙忘在展览室了。"

"哦，我去给你拿钥匙。"关老师进屋取出钥匙，"拿去吧。"

"谢谢关老师。"孔文文高兴地接过钥匙，还好，一切顺利没出意外。

文文拿着钥匙刚走到楼梯口，关老师也跟了过来，"文文，我跟你一起去吧，我要出去一趟，等会儿你拿到家里钥匙，直接把展览室钥匙给我就可以了，这样省得你再跑一趟。"

"啊?"孔文文垂下脑袋，这个办法泡汤了。

"怎么了?"

"没，没事，这样也好。"孔文文耷拉着脑袋。

孔文文走在关老师身后，看到站在展览室门口的安琪，赶紧朝她直摇头。安琪立刻明白了，这是之前已经说好了的。

"文文，我找到你的钥匙了。"安琪跑到她们跟前，"关老师好。"

关老师点了一下头，说："找到钥匙了?"

"我还以为忘在展览室了。"孔文文补充说，笑了笑。

"找到就好。"关老师笑道。

孔文文只好把展览室的钥匙递给关老师，关老师接过钥匙便离开了。

"关老师，再见。"

"再见。"

两个女生眼巴巴地看着关老师离去。

"怎么办?"

"实在不行就偷一回。"

"偷?"孔文文睁大了眼睛。

"把淘淘也叫上,他鬼灵精怪,即使被发现,他也有办法应付。"安琪笑了起来。

"他不会同意的,之前已经表态了。"孔文文皱了皱眉。

"我有办法,走,找他去。"

"好吧。"

两个女生来到乒乓球室,淘淘一个人还在那里"自娱自乐"。

"淘淘。"安琪叫了一声。

淘淘一听,并没有理睬她,只是收回乒乓球,然后把球拍和球放起来,接着朝室外走去。

"淘淘,你干什么去呀?"安琪跑到他跟前。

淘淘看了她一眼,感觉肯定又没好事,还是先闪人吧,他仍旧朝前走。

"喂,你别走嘛。"安琪的声音软了下来。

淘淘不想理她,如果回应了,不知她又会有什么鬼主意。预感,不祥的预感。

孔文文看着他俩，安琪这次要用什么招儿说服淘淘呢？看样子是来软的。

"淘淘，"安琪拉住淘淘的衣角，"有事求你还不行吗？"

淘淘头一次听到安琪求自己，他愣了一会儿，不知道该不该回应她。

孔文文赶紧附上一句："淘淘，人家都拉下脸求你了，你还这么不讲情面，你想当个冷面侦探吗？这样的侦探不受欢迎的耶。"

"真是败给你们了，有什么事？快说！"淘淘放慢了脚步。

安琪朝文文笑了一下，然后对淘淘说："大侦探，我想让你偷偷帮我们拿钥匙，展览室的钥匙。"

"啊？这种事我可不干。"淘淘又加快了脚步。

"你怎么这么死脑筋呀，我们也是不得已嘛，又不是不还了，又不是拿去给坏人，又不是要调皮捣蛋……"安琪一口气说了一大堆的话。

"淘淘，拿不到画，我们的寻宝计划就没法继续进行了。"孔文文看着他，"难道以我们之间的友情，这点小忙你都不肯帮？"

"对，友谊万岁！给点情面吧，淘淘，拜托了。"安琪

的脸上堆满了笑容。

"要是出现意外，被发现了怎么办？我不就成冤大头了？"淘淘满脸不情愿地说。

"后果由我承担，而且你那么聪明，我和文文坚信那所谓的意外绝对不会发生。你对自己没信心？"安琪用真诚的目光看着他。

淘淘想，这次安琪没用咕噜来威胁自己，还求自己了，文文说得也对，友谊无价，能帮就帮，否则她们会到处说自己是冷面侦探的。

"说吧，怎么去拿？还有，我不希望这种事情有第二次！"淘淘看着她们说道。

"当然不会有第二次啦。"安琪乐呵呵地说。

孔文文微笑着，说："关老师会把钥匙放回办公大楼的办公室里，我们只要在办公室外等候时机就可以啦。"

"什么时候行动？"淘淘望着她俩。

孔文文想了想："明天早上是最佳时机。"

"为什么？"安琪问。

"我知道了，你想让我在升旗仪式的时候去办公室拿钥匙，那时全校师生都在操场上。"淘淘倒吸了口气。

"对极了。"孔文文笑。

"你们两个不去吗？"淘淘嘟着嘴。

　　"去，能不去吗？不去的话，怎么做担保人呀？"安琪拍了拍胸脯，"我可不是胆小鬼。"

　　"那就没问题了。"淘淘说完，走开了。

钥　匙

第二天早上。

下课铃刚响，淘淘、安琪和孔文文三人就冲出教室，他们得立刻去办公大楼。躲藏的位置他们昨天已经选好了，就是楼梯转弯处的卫生间里。三个小伙伴趁没人注意匆忙躲了进去。

他们刚躲藏好，操场上就响起了集合的哨声。

47

全校的师生都集中到了操场上，学生们脖子上都系着鲜艳的红领巾，旗手们走上升旗台，把五星红旗系在旗杆上，等待国歌奏响。

不一会儿，雄壮的国歌响彻整个校园，五星红旗徐徐上升，全校的学生都举手敬礼，所有的人都用敬仰的目光望着冉冉升起的国旗。

办公大楼里的三个小伙伴一听到国歌响起，立刻冲出卫生间。他们快憋死了，卫生间里真熏人。

淘淘和安琪弓着身子迅速跑上二楼，孔文文在楼梯处望风。

到了二楼，淘淘和安琪观察了一会儿，办公室里没人，两人才稍稍松了口气。

淘淘半蹲着溜进办公室，安琪则蹲在门口放风，观察形势。

淘淘向右墙角移动，文文说钥匙就挂在那里。

远远地淘淘就看见右墙角挂着一排钥匙，文文还说每个钥匙上都有标签。

离钥匙越来越近了，虽然距离很近，淘淘却感觉自己花了很长时间走路。他的心跳不知不觉加快了很多，额头也渗出了汗珠。

到了钥匙跟前，淘淘直起身迅速翻看标签，双手竟有点发抖。毕竟这不是好学生该做的事，第一次干这种事，难免心里发慌。

"下次就是打死我，我也不再干了，哼！"淘淘嘀咕着，接着脸上露出笑容，"找到了！"

他取下钥匙，把钥匙举得高高的，然后向门口的方向挥动，"安琪，我拿到钥匙了。"

淘淘兴奋地说着，视线里却没有安琪的影子，"咦，人哪去了？"

刚说完，另一边的门口突然出现了一个人，是校长。

淘淘一下子呆住了，脑子里出现了两个字：完了！

"淘淘，你在这里干什么？"校长瞪着他，淘淘在学校小有名气，所以校长也认得他。

"我……我……"淘淘支支吾吾，赶紧把钥匙握在手里，校长没有发现他手里的钥匙。淘淘低下头，无意间瞥见旁边的桌子上有一杯水，还有一板康泰克感冒药，便灵机一动，"校长，我……咳咳……我……咳咳……感冒了，头疼得厉害，班主任叫我到办公室吃点感冒药。"说着，淘淘抓起感冒药和那杯水，"我刚上来，老师说药在办公桌上，我正要吃呢。"

"真的吗？"校长半信半疑。

淘淘走到校长面前，"您看看，我的头都疼得渗出汗

了。"说完，他拿出一颗药，迅速放进嘴里，又喝了一口水，咽了下去。

校长看着他，脸上露出笑容，"好好休息。"

"嗯。"淘淘点了点头。

校长出了办公室，向楼下走去。

淘淘并没有把药吞进去，吞的只是水，药还在他的舌头底下。他赶紧吐出来，苦死了！

"淘淘，"安琪从桌底下钻出来，"你真厉害！"

50

这下淘淘来气了，"关键时刻怎么没影了，还一切后果由你承担呢，哼！"

淘淘把钥匙甩到了安琪的手里，然后气呼呼地朝楼下走去，他听到操场上传来一阵阵的喧哗声，升旗仪式完毕，同学们解散了。

安琪看了一眼手中的钥匙，钥匙上湿湿的，看样子淘淘也被吓得不轻，"淘淘，淘淘，等等我呀，我的话还没说完呢。"

躲在卫生间里的孔文文听到安琪的叫声，也拉开门跑出来，嘴里说了一句："幸好安琪丢了一块石子，我才知道有人来了，否则……不知道他俩怎么样了？好像是出事了……"

她追了上去，"安琪，等等我！"

淘淘在人群中走着，安琪在人群中挤着，孔文文则东张西望找人。

"淘淘，听我说完呀，淘淘……"安琪的嗓子都快喊哑了。

淘淘快速回到教室，伏在课桌上。

安琪也跟着进了教室，她喘着粗气跑到淘淘面前，"淘淘，听我说完嘛。"

"不听，不听，大骗子！"淘淘把两只耳朵捂了起来。

"那我只好写喽。"安琪回到自己的座位上，拿出纸和笔，"沙沙沙"写了一大段字。

写完后，她拿着纸放到淘淘眼前。

"不看，我不看。"淘淘生气地闭上眼睛。

"怎么回事?"孔文文刚到教室门口，就问了起来。

"有人生气!"安琪也想生气。

"淘淘，你干吗不理人呀?"孔文文发现淘淘又捂耳朵又闭眼睛的。

淘淘没说话，他又伏在了课桌上。

上课铃响了，安琪和孔文文无奈地回座位。

语文老师走上讲台："今天这堂课是作文课，你们可以自由发挥，给你们二十分钟，我要考查一下你们的写作水平。"

语文老师给每人发了一本作文簿，发完后，说："开始写吧。"

安琪看了一眼淘淘，然后埋头认真写起了作文。

二十分钟后，语文老师把作文簿都收了回来，"我抽一个同学的作文给大家念念。"

这时安琪举起手。

"安琪同学，有什么问题?"语文老师望着她。

安琪站起来说："老师，可以先念念我的吗?"

语文老师笑了一下："当然可以，坐下吧。"

安琪坐下来，看着语文老师翻出了自己的作文簿。

语文老师翻开第一页，念了起来：

"今天我做错了一件事，因为我把友谊拿来做赌注了，我输了，输得很惨，但是我不希望对方也这么认为。"

"我丢了一块石子到楼梯口，它撞到地上发出了响声，当我丢第二块石子到房间里时，它却没有响，因为我无意间把它丢进了垃圾桶，没有发出响声以示警报。我想补救，可是已经来不及了，紧张的我选择了躲避。我相信我的朋友有能力应付，如果没有成功，我就会站出来，绝对不会做一个不守信用的人。这些都是我的真心话，我珍惜友谊，也跟对方说过友谊万岁。"

"友谊之路原本就会有风有雨，共同走过，共同扶持，共同信任才是真友谊。我知道，我们之间是真正的友谊，我信任你——淘淘，请接受我的道歉。"

淘淘听完后，抬起头望向安琪，她居然当着全班同学的面向自己认错，这种勇气就是真友谊。他不再生气了，立刻站起来："谢谢你的信任，安琪，对不起!"

安琪笑了，眼中有泪光。

顿时，全班同学鼓起掌来，语文老师也鼓起了掌，雷鸣般的掌声在空气中回荡。

下课铃响了。

三个小伙伴又快乐地聚在一起。

"为了友谊，我答应帮助你们寻宝。"淘淘望了一眼安琪，没想到她还蛮懂得把握时机。

"真的吗？淘淘，你愿意帮忙？"安琪高兴得手舞足蹈。

"我什么时候说过大话，说了我就会做。"淘淘笑呵呵。

孔文文笑着："你们两个真像兄妹，经常打打闹闹，然后又和好，太令人羡慕了！"

"我们三个是哥们，知道吗？"淘淘拍了一下文文和安琪的肩膀。

"哥们？"

"哥们？"

两个女生听了大笑起来，"你怎么学大人说话啦？"

"反正以后也会长大的嘛，这有什么区别。"淘淘也笑，"放学后，行动吧。"

"好啊！"

发现藏宝图

放学后。

三个小伙伴等到学校里人少以后，便悄悄去了展览
室。

他们开门进去，来到《白雪公主和七个小矮人》画作
前。

"就是这幅画吗？"淘淘看着画问。

55

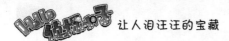

"嗯，你看看有没有什么特别的地方？"孔文文也盯着画。

"要不取下来看看吧，那样会看得更清楚。"安琪建议。

三个人小心翼翼地取下画，这时，门外有个小朋友朝这边跑来。

"有人。"安琪慌张地说。

三个人做贼心虚，吓得心"怦怦"乱跳，画框一时没拿稳，"啪——"的一声掉在地板上，碎了。

"蹲下！"淘淘赶紧按下两个女生的肩膀。

门外的小朋友是来捡羽毛球的，因为窗户紧闭着，小朋友没有听到画框摔碎的声音。

淘淘擦了擦汗，这两天怎么老流汗呀，虚惊过度了，寻完宝后一定让安琪买点好吃的补偿补偿。

"起来吧，人走了。"

"他肯定听见声音了，怎么办？"孔文文焦虑不安。

"他没听见。"淘淘站了起来。

"这……这不可能，声音那么大。"孔文文还是担心。

"声音大也说明了这间房是完全封闭的，没有传出去。但更重要的是我发现那个小朋友并没有朝这里面张望，表明他根本就没有听到任何响声。如果他听到了，按常理，他不可能捡了羽毛球就若无其事地跑开了。"淘淘望着远去的小朋友,他手里正拿着羽毛球。

安琪突然兴奋地叫了起来:"找到宝物了,哦,不对,是藏宝图,找到藏宝图啦!"

原来,在这幅画的背面,还有一张纸,这张纸和画一起被装在了玻璃画框中。

纸上有一串奇怪的符号。

"给我看看。"淘淘拿过纸,上面画着三个图标和数字7,依次是:椭圆形,数字7,三角形,菱形,底部还有一句话:夕阳西下,留下一抹余温。

"这是什么意思?"两个女生问。

"先别想这些了,赶快清理掉玻璃碎片吧。"淘淘说着收起藏宝图。

三个小伙伴把玻璃碎片清扫干净,然后又跑到街上买了一个画框,把画重新装好,接着迅速赶回学校把画挂回展览室,锁上门,离开。

三个小伙伴买了一些面包和饮料坐在草坪上吃。

"钥匙怎么放回去呢?"孔文文问。

"这个任务只能由你来完成了。"淘淘说。

"我?怎么做?"

"下午的数学课,老师不是最喜欢让你帮忙把作业本拿到办公室吗?"

"你是说趁机放回去吗?"

"那么多老师在根本就没有机会,数学老师的办公桌离右墙角有多远?"

"挺远的,他的办公桌靠门口。"

"嗯,"淘淘想了想,"我记得右墙角边有一台饮水机,你就对老师说,老师您一定很累了,我去倒杯水给您喝,他肯定会同意。"

"如果他说不用呢?"

"那你干脆说自己渴了,总不能连口水也不让喝吧?

任何老师都不会这么做。"

"接下来呢?"孔文文看了一眼安琪,她拿着藏宝图从刚才一直看到现在。

"去接水的时候,趁人不注意把钥匙往墙角一丢,然后对旁边的老师说钥匙掉下来了。旁边的老师肯定让你捡起来,然后你就顺理成章地捡起来挂回去。如果没人听到响声,不说也可以,反正打扫时会有人看到的。"

"好主意呀。"孔文文对着淘淘竖起大拇指。

"钥匙解决了,该来研究藏宝图了吧。"安琪抬起头。

"容我说句实话啊,你们不要对这张纸抱有太大的希望,到时候不是宝藏,你们能承受得了吗?"淘淘看着两个女生说。

"这肯定是藏宝图,"安琪自信地说,"有些事你认为不可能,它往往就最有可能发生。"

"不管是不是藏宝图,我们可以把寻宝当成是一种乐趣嘛。"孔文文笑着说。

"哎,都怪我是个,是个……怎么形容呢,哦,对了,就像大人常说的'性情中人'。我就是这样,嘴巴又快,真应该多想想,我后悔了,不该这么快答应同你们一起寻宝。"淘淘想到要花很多时间去研究什么藏宝图,而自己酷爱的《福尔摩斯探案集》和《阳光侦探事件簿》只能先

59

放一边，实在有点不情愿。

"淘淘，你不会是没信心找出宝藏吧？亏你还整天自吹是名侦探。"安琪嘟起嘴。

淘淘立即把脑袋抬得老高，"我本来就有当名侦探的潜质嘛，我只是觉得藏宝图对我们来说是天方夜谭的事。"

"既然你认为你有侦探能力，那就当这次寻宝是锻炼呗。"孔文文笑道。

"就是，就是，文文说得对。"安琪笑。

"知道啦。"淘淘耷拉着脑袋，不知道前方寻宝的路程有多远，只希望一切顺利，最好自己别再被吓了，会吓出病的。

放学回家，淘淘直接进了卧室，顺手把藏宝图放在了沙发上。

他看了一会儿《阳光侦探事件簿》，直到看累了，才走到窗台边看看外面的风景。

这时，他看到安琪正和咕噜在散步。猛然间，他的汗毛又竖起来了，窗台下的咕噜正龇着牙，盯着他。

他急忙拉上窗帘，咕噜，讨厌的咕噜——

关于藏宝图的秘密——

要是安琪问起我，我该怎么说呢？算了，既然答应了，就该做到……不就是几个图案和一行字嘛，难不倒我

这个大侦探的。

想到这，淘淘走到客厅，找起了藏宝图，奇怪，明明是扔在沙发上的，怎么不见了？

"妈妈，有没有见到沙发上的一张纸？"淘淘大声喊。

"纸呀，见到了，不过我丢进垃圾桶里了。"房间里传来妈妈的声音。

淘淘朝垃圾桶看去，桶内很干净，没垃圾呀，"妈妈，垃圾都跑哪去了？"

"垃圾会跑吗？是我丢出去了。"

"啊？"

淘淘心一惊，丢了？如果安琪知道，不被她扒掉一层皮才怪呢！

他拉开门，门外的垃圾袋不见了，肯定是让清理垃圾的大妈提走了。

这下，他更加心慌了，匆忙跑出去，迎头却撞上了清理垃圾的大妈，大妈手中的垃圾袋撒了一地，淘淘也摔了个"狗啃垃圾"。

"我的妈呀，你这孩子是怎么了？"大妈非常惊讶。"想吃垃圾呀？"

淘淘抹了一下嘴巴，顾不得身上沾着垃圾，便慌慌张张地翻起地上的垃圾袋。

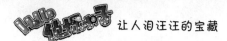

"孩子，你这是干吗呢？翻什么？"大妈准备扶他起来。

"藏宝图！"

"藏——宝——图——"大妈睁大眼睛。

淘淘抬头一看，只见大妈的眼睛里闪着光，急忙改口，"不，不，不是，是张纸，纸……嘿嘿……"

"纸呀……"大妈自语着。

很快淘淘就找到了藏宝图，然后他起身向大妈道了歉，冲进家里，往浴室跑去，他浑身快臭死了。

洗完澡后，淘淘拿着藏宝图回到卧室，坐到书桌旁，仔细端详着。

藏宝图是在学校找到的，说明了藏宝地点就在学校里。这三个图标是不是指建筑物的形状？淘淘仔细地回想着学校里的建筑群，好像没有相符的形状嘛……难道不是指建筑物的形状？

不过说不定学校里其他东西会有这三个图标形状的，仔细查找的话应该可以发现线索。

淘淘自语道："那就先去看看，如果找到符合形状的物品，到时候再研究这一行字的意思。"

主意一定，淘淘立即叫上了安琪和文文一起去学校。

冰淇淋商店

来到学校，三个小伙伴开始寻找藏宝图上的图标，他们分头行动。

淘淘边走边观察校园里的各种物体，走着走着，他停在了升旗台的前面，升旗台是椭圆形的。

数字 7 在哪里呢？淘淘看看四周，找不到呀。

他又盯着升旗台，猛然间他发现了新情况，他赶紧往

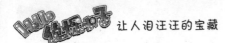

后跑了几步，再望向国旗。

上空飘荡的国旗在阳光的照耀下显得更加夺目。

"淘淘，在看什么？"孔文文走了过来。

"你发现没有？"淘淘仍望着国旗。

"什么？"

"国旗在旗杆的顶端飘荡，看起来像什么？"

孔文文疑惑地望向上空，旗杆？国旗？

过了一会儿，她恍然大悟，"我知道了，像数字7!"

"是的，我也觉得像，"淘淘看着她，"现在可以确定了，椭圆形是旗台，数字7是国旗和旗杆。"

"那么下一步该怎么办？"

这时，安琪也跑过来了，"你们发现什么了？"

"国旗的方向是哪边，我们就应该往哪边寻找，这样应该会有发现的。"淘淘说。

"有道理。"

"你们说什么？"安琪不解地问。

"仔细看看旗台、旗杆和国旗，你就会发现的。"孔文文笑了笑。

"是吗？"安琪跑上前看了又看。

淘淘和孔文文向旗台的左边寻去。

没多久，安琪追上他俩，说："我知道啦，呵呵。"

"淘淘，你看那边。"孔文文手指前方。

淘淘也看到了，前方有一组地砖的形状是三角形的。

"三角形，哈哈，找到了！"安琪也叫了起来。

他们跑过去，淘淘又发现了新线索，两个女生也看到了。

三角形地砖的不远处有一个招牌是菱形的，那是学校里冰淇淋店的招牌。

"冰淇淋？"两个女生张大了嘴巴。

"你们不会是想吃了吧？"淘淘看着她们那副"馋猫样"说。

"谁不喜欢吃冰淇淋呢？不要老以为我们女生嘴馋嘛。"安琪笑着。

"现在该想想那句奇怪的话了。"淘淘看着她俩。

"好吧。"

三个小伙伴坐在路边的石椅上研究着。

"夕阳西下，留下一抹余温？"淘淘看着藏宝图，"你们有什么想法？"

"是不是说太阳？"安琪望向西面的天空。

"应该是指时间，夕阳，那就是傍晚，不知道是不是这样理解。"孔文文思考着。

"文文说得挺对的，夕阳西下就是指时间。"淘淘看着

65

两个女生。

文文一听，乐了起来，"看来我也不赖嘛。"

安琪轻声嘀咕着，"那不是废话吗？三岁小孩都知道夕阳西下是指傍晚。"

"留下一抹余温是什么意思呢？"文文盯着淘淘："你是不是有什么想法了？"

"是的，我想到了，"淘淘看着藏宝图，"如果我猜得没错的话，那是指地点，藏宝地点。"

安琪一听，眼睛都亮了，"藏宝地点！在哪里？"

"请我吃个冰淇淋吧！啊？"淘淘笑了起来。

"好啊，"安琪伸出手，"给我钱呀！"

"是叫你们请耶，怎么叫我拿钱啊？"淘淘撇撇嘴说。

"我请你吃，你得回请吧，所以你也得拿钱出来请我们吃呀。"安琪笑道。

"怎么能这样？"淘淘把头扭向一边，"不请我吃，我就不说啦。"

"我去买。"孔文文起身向冰淇淋店跑去。

"还是班长通情达理。"淘淘看着孔文文拉开冰淇淋店门。

"你怎么有时候就像个不讲理的三岁小孩呀？"安琪瞪了他一眼。

"我本来就是小孩子。"淘淘笑。

过了一会儿，孔文文拿着冰淇淋走出店门。

"看样子很好吃呀，谢谢你啦，班长。"淘淘拿起一个冰淇淋开心地舔了一口。

"给你。"孔文文拿一个给安琪。

"谢谢。"

三个小伙伴吃着冰淇淋，一个比一个吃得香。

"好好吃哦。"

"嗯，不错!"

安琪赶紧吃完，扭头问："淘淘，藏宝地点在哪里?"

"你也太心急了吧，"淘淘神秘地一笑，"等我吃完了就说。"

又过了一会儿，淘淘舔了舔嘴唇，咽了一下口水，然后才说："现在谜底揭晓，藏宝地点就在……留下最后一缕光线的地方。"

"什么意思?"

"就是太阳快下山时，最后一缕照在冰淇淋店的光线，照在哪里，哪里就是藏宝地点。"

两个女生想了想，"淘淘，你好棒!"

"现在离太阳下山还有一个小时呢，我们该干些什么?"孔文文伸了一下腰。

"哎呀，我忘了带咕噜一起来寻宝了。"安琪站起来，"你们先玩一会儿，我回去一下。"

"喂，你干吗非得带它来呀？"淘淘不乐意地叫道。

"喜欢就带呗。"安琪回头笑。

"我们坐着等她吧。"孔文文坐下来。

"好吧，反正我也不想动了。"淘淘走到草坪上，躺了

下来。

半个小时后，安琪带着咕噜跑来了。

太阳一点一点往西沉下去。

三个小伙伴绕着冰淇淋店走了一圈又一圈，他们在等待那最后一缕光线。

终于，最后一缕光线出现了，他们看见光线照在了冰淇淋店的后面，照在一个用花砖砌成的扇形花坛里，花坛里种着一株小树苗。

"宝藏在那里吗？"安琪指了指那个地方。

"汪汪——"咕噜跑到小树苗旁叫着。

"你看，连咕噜都闻到宝贝的气味啦。"文文哈哈大笑。

"有点像做梦，我们找到宝藏啦！"安琪跳到小树苗旁，"那我们动手挖吧。"

淘淘则站在原地没动，宝藏能埋在那种地方？如果是的话，肯定不是宝……什么叫宝，宝的定义就是神秘，这种地方没有一点神秘感。

"用手挖吗？"文文围着小树苗看了看。

"宝藏肯定埋得很深，用手挖，那要挖到什么时候，我们得买个工具。"安琪盯着脚下的泥土说。

"我去买，小铲子可以吧？"文文直起身。

"可以。"

"对了，买把伞，我们得挡挡，否则别人看到会误以为我们在破坏小树苗呢。"

"OK。"

文文很快买来了三把小铲子，三个人每人一把。

淘淘打开伞："你们两个挖，我撑伞，当放哨的，怎么样？"

"你可是男生耶，还好意思说这样的话，我们两个人的力气加起来恐怕都没有你的力气大。"安琪瞪着他。

"拜托，我本来就不想来寻宝，现在能做这么多就不错了，你的要求也太多了吧。"淘淘本想说她太过分，但看到一旁的咕噜，只得把"过分"改成"太多"。唉，连说话都得委曲求全，活得太失败了，为什么自己会怕这只讨人厌的咕噜呢？

安琪正想发作，文文阻止了她，"安琪，趁现在没什么人，快点挖，反正这土好挖，挺松软的，就让他当放哨的吧。"

"看在班长的分上，就暂时不跟你计较了。"安琪把脸扭向别处。

"呵呵，谢谢班长，谢谢安琪。"淘淘得意地笑着，总算还有一个明理的。

"开始吧。"文文对安琪说。

和大黑狗周旋

正当两个女生准备动手时，淘淘脸色煞白，眼睛瞪得大大的，背后不知什么时候站着一只比咕噜还大还凶猛的黑狗，它正龇牙咧嘴，身子弓起，瞪着淘淘。

"等——等——"淘淘的声音直哆嗦，这狗想干吗？看它的架势，似乎想咬自己……

"怎么了？"两个女生顺着淘淘的目光寻去，顿时也被

71

吓住了。

"汪汪——"咕噜跑到黑狗跟前叫，它想赶走这只大黑狗。

"汪汪、汪汪——"没想到大黑狗叫声更加响亮，如雷鸣般。咕噜竟然被大黑狗的吼声给吓住了，赶紧躲到安琪身后。

"没用的家伙。"安琪瞪了咕噜一眼。

"汪汪、汪汪——"大黑狗对着三个小伙伴狂叫不止。

三个小伙伴顿时慌了手脚，不由自主地一步一步慢慢向后撤退。

当他们离开扇形花坛时，大黑狗跳进圈内，细细地闻了闻泥土，然后蹲在泥土上，紧紧地盯着三个小伙伴，朝他们又叫了几声。

"它在警告我们别靠近。"安琪盯着大黑狗。

"它为什么守着那个地方不走？"文文倍感疑惑。

"鬼知道呢，也许是我们闯入了它的地盘，所以它很生气。"淘淘望着大黑狗，心里发毛，两腿直打哆嗦。

"那里肯定有宝藏！这只大黑狗是看守者。"安琪突发奇想。

"我可不想冒那个险，"淘淘又向后退了几步，要是被咬上一口，"哎，真疼呀！"淘淘联想到被狗咬的情景。

"你怎么了?"安琪看着淘淘。

淘淘心生一计,"哎呀,好痛,肚子痛,不行,我得回家。"说完,他装成疼痛不已的样子,双手捂着肚子。

安琪绕着他走了一圈,"怎么早不痛,晚不痛,偏偏这个时候痛,你装的吧?"

"没装,真的很痛。"淘淘眯着眼睛,偷偷瞥了她一眼,这个古灵精怪的家伙……自己装得不像吗?上次都没被她看穿,这次应该也没问题。

"文文,你看他的样子有几分像呀?"安琪朝文文使劲眨眼,示意她不要放淘淘走。

文文笑了一下:"要不这样,淘淘你想一个办法引开大黑狗,成功的话,我们就是抬也会把你抬回家的,让你舒舒服服,脚不沾地,轻松到家,怎么样?"

"你们不相信我,怎么可以这样?不公平,为什么要我去引?而不是你们去呢?"淘淘又叫又跳,老是欺负自己这个老实人,当好人真难。

"难道你不想知道那泥土下面埋的是什么吗?"文文想用宝藏引诱他。

"好好干,否则我家咕噜会生气的哦。"安琪只好又把这一招搬出来。

淘淘垂下脑袋:悲哀,我这样的大侦探居然会败在狗

73

的脚下，"好啦，我想办法就是啦，不过你们得补偿我。"

"说吧。"两个女生不禁偷偷地笑着。

"请我吃肯德基，怎么样？"

"小事一桩，等我们挖到宝了，你想天天吃，我们都不反对。"安琪笑呵呵。

宝——哼，还说不是财迷呢……如果那张破纸真的是藏宝图，谁会笨到把那么重要的东西藏在学校里？藏在家里岂不更好。说不通，真的说不通呀。除非是什么大盗和同伙作案后，自己想私吞，然后就弄出了这么个藏宝图……搞什么呀，怎么越想越离谱，看来是电影看多了，淘淘发起了呆。

"想到办法没？快点想。"安琪催促道。

"想到了，我去买点狗粮引走它。"淘淘笑了笑。

"好主意。"文文笑，"你的肚子不疼啦？"

"这，我……"淘淘脸一红，语无伦次，怎么竟忘了装样子，还笑出来，看来自己不是当演员的料啊。

"赶快去吧。"安琪催促。

淘淘只好灰溜溜地跑向超市，买来了一大包狗粮。

他拆开食品袋，撑着伞当挡箭牌，一点点靠近大黑狗，然后丢了一片食物在它身旁。

两个女生看着瑟瑟发抖的淘淘，不禁偷偷笑开了。

"淘淘不用怕，我的咕噜当你的保镖，你就放心地引开大黑狗吧。"安琪说完拍了拍咕噜的脑袋，"去，跟着淘淘。"

咕噜听话地跑到淘淘身后，淘淘看了它一眼，管用吗？咕噜刚才不也是怕得要命？

大黑狗闻了闻身旁的食物，然后伸出舌头，卷走了食物，嚼得津津有味。

淘淘一看，又丢了一片，这一片丢在了扇形花坛外，大黑狗跳了出来低头吃着食物。

两个女生见状，很高兴，"太好了！"

淘淘一点点地加大了距离，一片一片地丢下食物，大黑狗寻着食物慢慢地跟着淘淘走。

两个女生看到大黑狗走远，急忙冲进花坛里挖泥土，不一会儿，她们挖出了一样东西，令她们大跌眼镜……

那东西不是宝，而是一根大大的骨头！

"怪不得大黑狗守在这里不走，原来它藏了根骨头在这里。"文文忍不住笑了起来。

"障眼法，这绝对是障眼法！"安琪继续挖着。

"什么意思？"

"快点挖，宝藏哪有那么容易挖到，这根骨头只是迷惑我们的道具，好让我们停止挖掘。"

"说得有道理，好，继续挖。"

两个女生挖得正欢的时候，突然听到有人在狂喊"救命"，声音很耳熟。

她们不约而同地望了过去，只见大黑狗龇牙咧嘴，目露凶光，紧追着淘淘。

淘淘满头大汗，边跑边求救，而咕噜跑得比他还快。

两个女生愣住了，淘淘朝她们跑来，大黑狗也朝她们冲来，气势汹汹。

两个女生睁大了双眼，丢下铲子，下意识地向前跑去。

"啊——救命啊——"两个女生也同时叫嚷着。

"救命——救——命——"淘淘大叫。

"汪汪——"咕噜冲在了三个小伙伴的前面。

大黑狗看到被挖出来的骨头，追得更猛，叫得更凶了。

三个小伙伴和咕噜绕着圈子，气喘吁吁地跑着叫着。

大黑狗追得很紧。

就在三个小伙伴快撑不下去的紧要关头，出现了一个人，他怒气冲冲地唤回了大黑狗，大黑狗乖乖地跑到他身旁，伏在他的脚下。

三个小伙伴立刻瘫坐在地上，双腿都发软了。

"你们没事吧?"大人亲切地问。

"差一点就有事了。"淘淘一脸的不快。

"叔叔，我们没事。"文文赶紧补充说。

"没事就好，不过也不会有事的。"大人笑了笑。

"为什么?"三个小伙伴奇怪地问。

"我的狗从不咬人的，只是喜欢追人，当然追人的原因肯定是因为有人惹了它。"大人笑了笑。

两个女生不好意思地笑了。

淘淘则在一旁生闷气。

"没事就好，再见。"大人说完带着大黑狗走了。

"再见叔叔。"

"我要回家，你们抬我回去，说好了的。"淘淘赌气地说，"咕噜一点用也没有。"

"咕噜，我真是白养你了。"安琪生气地拍打了一下咕噜，咕噜低下头去。

"唉，都是骨头惹的祸。"文文叹了口气。

"骨头？那块骨头是你们挖出来的。"淘淘想起他逃跑时看到扇形花坛里有一根大骨头。

"嗯，"安琪指着淘淘，"你怎么搞的，引开一只狗都不会。"

"我不会？你可知道那只黑狗的胃口有多大，我买了那么一大包狗粮，它吃完了，居然还想跟我要，我害怕，只好跑。哪知它追着我跑，连咕噜也害怕地跑掉了，还说保护我呢！"淘淘"哼"了一声，又说，"你们挖了那么久，就挖了根骨头？"

"是的，就一根骨头。"文文无奈地说。

"我们还没有挖彻底呢，宝藏肯定在最底部。"安琪看着他们。

"那你们挖吧，不过得先抬我回家。"淘淘嘟着嘴。

"抬你回家就免了吧，顶多请你吃个汉堡包，因为你没把事情办好。"安琪嘟着嘴。

"怎么可以这样？我累死累活的就拿个汉堡包打发我？

你们，你们欺负人！"淘淘气得不知说什么好。

"别生气，淘淘。"文文拍了他一下。

"就是嘛，有什么好生气的，如果你想多吃一些，也可以，那就要陪我们挖到底。"安琪露出笑容。

"你们自己挖吧，我可不想再被狗追。"淘淘撅着嘴。

"那条狗，叔叔已经带走了。"文文四下望望。

"那条狗既然把骨头藏在那里，说明它的主人就住在附近。"淘淘起身，准备回家，"我可不想跟你们耗下去。"

"喂，淘淘，难道你忘了班主任说过的话？做人做事都要有始有终，你还没开始就要放弃，不讲信用。"安琪瞪着他，"你之前可是答应和我们一起寻宝的。"

淘淘一怔，要是安琪添油加醋地跟其他同学说自己不讲信用，那以后谁还请自己帮忙破案呢？自己这样的天才侦探可不能没有用武之地呀，"好啦，算我上辈子欠你们的，事后别忘了请我吃肯德基。"

"当然，一定请你吃。"文文喜笑颜开。

三个小伙伴再次拿起铲子挖起扇形花坛里的泥土，挖了一会儿，走过来一位老太太，她站在他们身旁，慢慢地说："小朋友，你们干吗呢？"

三个小伙伴急忙把铲子藏在身后，然后三个人靠拢在一起，挡着被挖得蛮深的洞。

"没，没什么。"文文勉强挤出笑容。

"我可是看见了哦，小孩子可不该这么顽皮，破坏小树苗是不行的哦。"老太太探头望了望。

"没有，我们不会那么做。"安琪也挤出笑容。

"那你们挖什么？"老太太看着三个小伙伴。

淘淘灵机一动："奶奶，我们在种树，我们喜欢树。"

"种树？"老太太有些疑惑。

"是呀，种树！我们虽然还小，但也懂得绿化环境，所以想多种几棵树。"

"好孩子，想种什么树呀？"老太太眯缝着眼问。

"啊……柳树。"安琪赶紧说。

"柳树好，柳树好，诗人还说'无心插柳柳成荫'……"老太太说着走开了。

三个小伙伴望着老太太笑了笑。

"继续吧。"文文看着他俩。

淘淘叹了口气："看样子，这里没宝，所以别再挖了。"

"没宝？"安琪望着深深的坑，"怎么会没宝呢？"

文文想了想，"可能是淘淘推断错误，藏宝地点不是这里。否则，为什么我们挖了那么久，连一点宝藏的痕迹也没有呢？"

"也许吧。"淘淘应了一声,他现在累极了,只想回家好好睡一觉。

安琪撇嘴:"淘淘,你真没用……"

"我没用?"淘淘露出无奈的样子。

"我们回家吧。"文文也感到疲惫不堪。

"先请我吃肯德基,我得吃饱喝足才能睡个好觉。"淘淘拍拍身上的土。

"可以,但是你得重新找出新的藏宝地点,再请你吃。"安琪也拍拍身上的土。

"啊?你不讲信用。"淘淘瞪她。

"我不是那种人,我只是在激发你的侦探潜能,你应该感激我才对。"安琪笑着说。

"你——"淘淘气呼呼地走开了。

逐个寻找

回到家，淘淘打开冰箱，冰箱里什么都没有，爸爸妈妈今天都出差了，而妈妈却忘了提前买好食物给淘淘留着。

"倒霉，今天怎么这么倒霉?"淘淘真的是欲哭无泪啊，粗心的妈妈。

"叮咚——"门铃响起。

"难道是妈妈回来了？"淘淘兴奋起来，冲向门口，打开门，他正想和妈妈来个拥抱，谁知扑了个空，门外没人，"气死我了，谁？给我出来！"

正在气头上的淘淘无意间瞥见台阶上有一个袋子，肯德基的外带纸袋。他捡起来一看，里面有一张小纸条：淘淘，我可不是无赖哦！

是安琪的字迹。

淘淘不禁笑了一下，张望着四周，喊了一声："谢谢你，安琪。"

接着他急不可耐地打开了包装袋，哇，好香！好丰盛！

安琪送得还真及时，自己的肚子正饿得嗷嗷叫呢！

淘淘美滋滋地吃着，既然安琪如此慷慨，自己也不能小气，睡醒后再好好研究一下藏宝图。

一觉醒来，淘淘便端坐在书桌旁，细看藏宝图。

这几个图形学校里应该有很多才对，光看图纸想不出什么，得去学校看才行。

想到这，淘淘叫上安琪和文文早早地去学校了。

"学校里总共有几个椭圆形啊？"淘淘望着四周，"把知道的全部写下来，到时候再分析。"

两个女生点了点头，便各自分头去寻找，并记录下

来。

半个小时后，他们又聚在了一起。

淘淘拿着两个女生给的记录点，还有自己看到的记录点，说："我们一个个去看，如果能从哪一个地点找到数字7，那么这次的推断就不会出错了。"

两个女生点头。

三个小伙伴一个一个开始排查：湖边、假山、花坛……

半个小时后，三个小伙伴汗流浃背，他们找了几个地点都没有发现下一个符号数字7，不过还有好几个地点等着去找呢。

三个人来到椭圆形跑道，他们绕着跑道走了一圈。

淘淘站住了，他惊喜地大叫："找到了！"

"哪里？"

"阶梯！"淘淘盯着跑道不远处的水泥阶梯，它的形状跟数字7一模一样，不过是反方向的7。

三个人走上水泥阶梯，到了拐弯处，孔文文问："是不是一直往右走？这个阶梯是向右的。"

"先走走看吧。"淘淘也不敢确定。

三个人走了一段路程，没发现三角形的图标。

"错了，应该走左边，纸上标的可是正面7。"淘淘想了想。

三个人往回走，又走了一段路程，终于有发现了。

他们发现了一个含有三角形的抽象艺术雕塑。

两个女生兴奋起来，"太好了！"

淘淘望着周围，脸上露出了笑容，他拍了一下两个女生的肩膀。

进入幼儿园

两个女生朝淘淘指的方向望去，前方是幼儿园。

"幼儿园?"

"看到没有?"淘淘指着前面。

两个女生睁大双眼盯着幼儿园，才发现幼儿园的黑板报是菱形的。

"哈哈，找到了! 菱形……"

淘淘看了看表，再过几分钟就上课了。

"宝藏在幼儿园里吗？"安琪有点不敢相信。

"快要上课了。"淘淘看着两女生。

"怎么办？等到放学后的话，幼儿园就关门了，到时就进不去了。"孔文文说。

"淘淘，那句话还有什么意思？你想出来了没有？"安琪问他。

"不好下定论。"

"对了，第二堂课是体育课，老师会让我们自由活动的，到时候进幼儿园，怎么样？"孔文文笑了。

"好极了。"安琪赞成。

"哦。"淘淘向教室走去。

终于到了第二堂课——体育课。

自由活动时间，三个小伙伴来到幼儿园的门口，里面有好多的小孩子在玩耍，都是五六岁的小孩子，一个个胖乎乎的，可爱极了。

一个年轻的老师走了过来，"你们好，有什么事吗？"

三个小伙伴微笑了起来，"老师，你好。"

"我们想参观一下，可以吗？因为我有个表弟，现在五岁，父母比较忙，他们叫我来看看这里的设施如何。"淘淘呵呵地笑着。

两个女生赶快附和："如果感觉好，我们也让邻居家的小弟弟和小妹妹来这里。"

老师笑容满面，"谢谢你们，叫我王老师就可以了，要不要我领着你们参观？"

"老师，看样子你很忙，我们自己随便看看就可以了。"文文看到王老师手上捧着一摞小本子。

"好的。"

"谢谢老师。"

三个小伙伴走进去，观察着周围的环境。

"姐姐，我口渴。"一个小女孩跑到安琪跟前，扯她的衣角。

安琪蹲下身，轻轻地抚摸着小女孩可爱的小脑袋，"姐姐给你倒水，你等着我，好吗？"

"好的。"小女孩坐在地板上又玩起了玩具。

安琪走到王老师跟前，说："老师，有个小朋友口渴了，我要在哪儿倒水？"

"我来就可以了。"王老师正在忙着搭配营养食物。

"不用，你忙吧，我来。"安琪笑了笑。

"谢谢你，一会儿孙老师就来了，让你们多费心了。"王老师客气地说。

"没事，应该的，我不也是小孩嘛，小孩照顾小孩是

88

一件快乐的事。"

"真懂事!"王老师夸奖道,"对面的房间有一台饮水机,一次性杯子在底部的柜子里。"

安琪点头,走进对面房间倒了一杯水,然后慢慢地让那个可爱的小女孩喝下去。

看着小女孩喝水的样子,安琪感觉像是回到了童年,那时她也是这样喝水的,喝一口停一下,等咽下去后,再接着喝下一口水。

看着小女孩,安琪像是想到了什么,饮水机房间的墙壁上有一幅画,画的好像就是夕阳。

待小女孩喝完水后,安琪把淘淘和文文带到了那个房间。

三个人盯着墙上高高挂着的一幅画,画名叫《美丽夕阳》,画中的场景就是夕阳西下,几束漂亮的彩色光线照射在大地上。

"宝藏有可能在上面吗?"文文望着画。

"会不会在画的背面?"安琪猜想。

"这幅画看起来挂了好几年了。"淘淘盯着画。

"你怎么知道?"孔文文问。

"上面不是写了嘛,2003 年 6 月 1 日赠,画家赠送给幼儿园的。"淘淘指了指画。

"那就更对了，画上面绝对有秘密，"安琪笑了起来，"淘淘，上去找宝藏。"

"这么高，我怎么上去啊?"淘淘瞥了她一眼。

门被轻轻地推开了，一个小男孩探进脑袋，"哥哥，姐姐，什么是宝藏呀?"

三个小伙伴一惊，急忙把小男孩抱进房间关上房门。

"小弟弟，你听谁说有宝藏啦?"安琪很小声。

"听你们说的呀。"小男孩眨着大眼睛，"宝藏是什么东西呀?"

"东西?"三个小伙伴笑了笑，宝藏确实是东西耶……

"宝藏是可以吃的东西。"淘淘笑着。

"可以吃，我想吃，你们有吗?"小男孩高兴地叫道，拍着小手。

两个女生语塞。

"那种东西不好吃，很苦的。"淘淘哈哈笑。

"我可不喜欢苦味。"小男孩嘟着嘴。

"那你出去和其他小朋友玩吧。"安琪微笑着。

"我想和你们玩。"小男孩望着三个小伙伴。

"姐姐和哥哥还有事要忙呀。"文文说。

"我和你们一起忙。"小男孩仰着脑袋。

"啊? 一起忙?"三个小伙伴愣住了，这小家伙再跟他们耗下去，肯定会坏事的。

"小家伙，哦，不，小弟弟，我陪你玩吧。"安琪朝淘淘和文文眨眨眼，"余下的事交给你们了。"

"明白。"

安琪抱起小男孩走出房间。

淘淘和文文干瞪眼，这墙壁该怎么上去呢？

"把这些桌椅叠着堆起来，怎么样？"文文说。

"那谁爬上去？"淘淘看见房间里的小桌小椅倒是挺多的。

"当然是你啦，难不成是我呀。"文文瞥了他一眼。

"我？那么高，要是……要是掉下来怎么办？"淘淘的脊梁不禁飕飕发凉。

"放心，我在底下会好好扶稳，不会有事的，"文文的眼睛一亮，"那里有几个救生圈，你把它系在腰上，当'防护衣'，这样的话，如果发生意外，你掉下来也不会摔伤。"

淘淘哭丧着脸，"那几个救生圈那么小，能管用吗？"

"大了反而不好，小小的正合你的细腰，正好能保护你避免受到更大的撞击。"文文走过去拿起救生圈。

"快点套上，没时间啦。"文文说。

"好吧，不过我不是细腰。"淘淘只好把救生圈往身上套，这是唯一保险点的办法。

　　文文把大的桌子当底，然后让淘淘站在上面往上搭椅子……

　　终于，一个类似"金字塔"的桌椅架子搭好了，淘淘站在最顶端，文文站在底部给淘淘打气。

　　"小心点，别看下面。"

　　"晕，我头晕，我……有恐高症。"淘淘的额头冒出了冷汗。

　　"胡说，才这么一点高度就害怕？我记得你在游乐场里可是玩过攀登的，当时，你那么勇敢，难道你忘了？"

　　"当时有保险绳嘛。"

　　"现在也有，比保险绳还保险，那几个救生圈又不是纸做的，你担心什么？"

　　"我，我的手在抖。"

　　"镇定点，摸摸画后面有没有暗格……宝藏就在眼前，你就不能积极点嘛。"

　　"又不是你在上面，你肯定不心慌啦。"

　　"好啦，成功之后，我们不会再要求你做任何事，甚至可以听你发号施令。"

　　"真的吗？"淘淘慢慢地朝画伸出双手。

　　"当然，你可是男子汉，所以没什么事可以难倒你，对吧？"文文使劲地鼓励着淘淘。

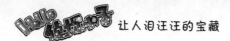
淘淘听着听着越发地勇气十足：我是男子汉，还是个侦探，这点小困难，难不倒我，难不倒！

他一只手轻抬着画，另一只手触摸着画背面的墙壁，然后又敲敲打打，"没东西，墙面很结实。"

"要不把画拿下来？这样我也可以一起帮忙看看。"

"拿下来？不好拿，有绳子系着呢。我摸得很仔细啦，没有能挪动的暗格。"淘淘大声说。

"小声点，我能听得见。"文文仰着头，"你再仔细找找看。"

"好的。"

过了一会儿，门被敲响了三下。

"淘淘，安琪的警报，快点下来。"文文慌忙叫道。

警报？完了，淘淘一下子慌了神，怎么下去？

"快点！"文文催促。

这一催促，淘淘更加急了，接着"金字塔"摇晃了起来。

文文呆住了，"金字塔"要塌了。

"啊——救——命——"话没说完，淘淘和桌椅一下子飞散开了，"我的妈呀……"

"噼里啪啦——"一阵阵凌乱的响声。

淘淘和桌椅一块着了地，还好有救生圈护住他的身

体，才免遭更大伤害。

文文瞪大眼睛，慌乱地跑去扶淘淘。

淘淘躺在地上，望着天花板，"为什么受伤的总是我?"

由于房间的巨大声响，引来了所有的小朋友和老师，当他们看到乱糟糟的房间，淘淘和文文那无辜的眼神时，都惊愕不已。

安琪更是目瞪口呆，半天没回过神来。

小朋友们看到淘淘的样子，活像只大企鹅，都笑开了。

"企鹅摔倒了……"

"好好玩，我也想当只小企鹅……"

"不过，有点像马戏团的小丑，他的衣服也是胖胖的，像个不倒翁。"

"我觉得比较像企鹅……"

孙老师和王老师立刻去帮忙扶起淘淘。

"怎么回事?"她们盯着淘淘身上套的救生圈。

"我们——"文文望了一眼安琪，"对不起! 我们——"

淘淘急中生智说道："我们在和一个小朋友打赌，他说天花板有宝藏，我们说没有，没办法，小朋友哭闹着要宝藏，我们只好硬着头皮，爬上去证明给他看，所以不小

心摔下来了。"

"是哪个小朋友?"王老师问。

"小孩子本来就很天真,小时候我们也会这样,所以请原谅我们不能说他是谁。"文文说,"而且我们本身也有错。"

"好啦,那就算了,有没有受伤?"两个老师亲切地问。

"没有,我们很好。"淘淘咧开嘴笑了一下。

"没事就好。"

安琪一听,松了一口气。

"不过,你们这样做也太危险了,下次做事要考虑后果,不能鲁莽,知道吗?"王老师看着他们。

"知道了。"淘淘低下头。

三个小伙伴叹了一口气,这次寻宝又落空了。

他们一个个垂头丧气地离开了幼儿园。

《格林童话》

放学，三个人又讨论开了。

"安琪，我们放弃吧。"淘淘挠了挠头。

"不行，如果宝藏那么容易就找到了，肯定不是什么稀罕物，所以我坚信，藏宝图一定暗示着丰富的宝藏，我们怎么可以说放弃就放弃呢？"安琪很坚定。

"这藏宝图的内容太简单了，容易让我们产生很多误

解。"淘淘拿出藏宝图看了看。

"你看着简单,我看倒是不简单。"安琪说得很快。

"淘淘,你得弄清明确的位置,我们才有可能找到真正的宝藏,才不会像瞎猫一样乱撞,乱闯。"文文凑到他面前。

"你们也动脑筋想想呀。"淘淘抱怨地说。

"我们当然也动脑筋啦,只是没找准方向,不敢轻易下结论嘛。"孔文文撇撇嘴。

"我们不是还有几个地点没去确认过吗?我相信一定有宝藏,我们只要坚持就能找到宝藏了。"安琪笑了笑。

三个人正说着,突然空中落下颗颗雨珠,砸在了他们在身上。

"下雨啦!"

"前面是书店,先进去躲雨。"

三个小伙伴匆匆跑进一家新华书店。

"我们也买几本书吧。"安琪说。

"好啊。"

孔文文看着他俩,"我们一开始不是从《白雪公主和七个小矮人》开始找起的吗?"

"怎么了?"

"白雪公主和七个小矮人的故事不是出自《格林童话》

吗，我们应该买一本回去研究一下，好好看一遍那个童话故事，也许能发现点什么，那样我们就不用走那么多的弯路了。"文文分析道。

"班长，没想到你也这么聪明，早就该这样做了嘛，我真笨。"安琪傻笑起来，"我们去找《格林童话》。"

"你们找吧，我要看看别的书。"淘淘走向一旁，无聊的女生想法还真多。

"不找拉倒，我们自己找。"安琪拉起文文的手。

两个女生跑向儿童读物的书架旁，仔细地寻找着《格林童话》。

"《格林童话》，《格林童话》……"两个女生默念书名，眼睛迅速地在书架上搜索着。

淘淘也在儿童读物书架的附近，望着这两个女生，他不禁感到好笑，看她们那认真的模样，假如到时候只找到一堆破铜烂铁，她们非得晕倒不可……

不经意间，淘淘看到身旁的一个姐姐正在翻阅着《格林童话》。

淘淘走到两个女生面前："你们要找的童话书在那边呢。"

"谢谢啦。"安琪看都没看他一眼，就跑向对面。

淘淘轻哼了一声，她又生气了，女生怎么这么爱生气呀？

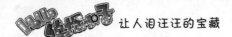

安琪看了一眼拿着《格林童话》书的姐姐，然后把目光投向姐姐身旁的书架上，咦？怎么没有《格林童话》？那该不会是最后一本吧？

"怎么办？没书了。"安琪轻声地对孔文文说。

"等雨停了，我们到别家书店看看。"

"好吧。"

"我去看一下别的书了。"

"好的。"

安琪来到另一个书架旁，正准备抽出一本书来看时，发现旁边的桌子上赫然放着一本《格林童话》。

安琪急忙伸手去拿。

这时，之前见过的那个姐姐走过来："这本书是我放在这儿的。"

"是，是吗？"安琪的脸一红，伸出手准备把书还给她。

可是不巧的是安琪缩手太快了，以至于那个姐姐没来得及拿稳书本，书掉落在了地板上。

"对不起！我……"安琪的脸更红了，赶紧弯腰去捡。

那位姐姐也弯腰准备捡书，结果两个人的脑袋撞在了一起。

"哎哟——"两个人不约而同地叫了起来。

在附近的淘淘和文文听到声音，立刻跑过来："安琪，

怎么了?"

　　淘淘看了一眼地板上的《格林童话》,看来是安琪想要这本书,才跟这位姐姐相撞的。

　　安琪揉了揉额头,笑道:"对不起!"

　　那位姐姐摸了一下额头,"没关系。"

　　安琪捂着额头,头有点痛,她的眼睛直盯着地板上的《格林童话》,然后俯身捡起。

　　"谢谢你。"姐姐微笑着,伸出手接过书。

　　安琪不好意思地笑了一下。三个小伙伴们准备走开,那位姐姐突然说:"嗨,你叫安琪?"

"嗯。"安琪回过身，点了点头。

"你是不是很想要这本书?"姐姐指了指《格林童话》。

"我——"安琪没说出口。

"我妈妈的名字中也带有琪字，看来我们有缘，这本书就让给你了。"那位姐姐笑了。

"谢谢你，姐姐。"安琪也笑了。

淘淘和文文微笑着，遇到好心人了。

"可以知道你叫什么名字吗?"安琪望着姐姐。

"我叫杨晓慧，现在读高一。"

"我们是南海小学的学生，读六年级。"三个小伙伴异口同声地说道。

"南海小学。"

"怎么了?"

"小学时，我就在南海小学读的。"

"真巧。"

"呵呵，姐姐还是学姐呢!"

"我还得再买几本书，呵呵。"杨晓慧微笑着。

"那我们先走了，晓慧姐姐。"三个小伙伴向晓慧姐姐道别。

结了账，走到书店门口，三个小伙伴才发现外面的雨下得很大。

杨晓慧姐姐

"那我们就坐在休息椅上，翻阅一下图书吧。"淘淘坐下来。

"也只能这样，但愿雨不要下得太久。"文文探头望了望天。

三个人坐在门外的休息椅上，淘淘看着自己买的书，两个女生一起看着《格林童话》，她们期待着有新的发现。

没过多久，杨晓慧出来了，她背着背包，见到下雨，便打开背包取出伞。

撑开伞时，她瞥见了在休息椅上的三个小伙伴。

"你们还在呀？"杨晓慧走到他们跟前。

三个小伙伴抬起头，"晓慧姐姐，我们——"

"被雨困住了？"杨晓慧看着他们。

三个小伙伴点头。

"我家就住在附近，可以到我家喝点热茶，另外我家还有几把伞，可以借给你们用……"杨晓慧目光真诚。

"谢谢你，晓慧姐姐。"

"不客气，你们可是我的学弟学妹，帮你们是应该的。"

三个小伙伴和杨晓慧挤在一把伞下，走进了雨幕中。

大约五分钟后，他们到了杨晓慧的家。

三个小伙伴坐在沙发上喝着热茶，舒服地看着电视。

杨晓慧则进浴室洗澡了。之前她撑伞时，为了不让三个小伙伴淋到雨，只让伞遮住自己的脑袋，而身上几乎都湿透了。三个小伙伴走在前面，所以没发现，到了她家，才发现晓慧姐姐被淋湿了。三个小伙伴非常过意不去，但晓慧姐姐却说她喜欢被雨水淋湿的感觉，三个小伙伴知道晓慧姐姐是故意这么说的，也不好再说什么。

在客厅里，三个小伙伴看见客厅里墙上贴满了杨晓慧姐姐的奖状，都惊叹不已。

"晓慧姐姐好厉害呀！"

"晓慧姐姐真是个好人，我想送她礼物，你们说送什么好？"安琪看着他俩。

"我们一起送，买一个晓慧姐姐喜欢的东西才行，这样才不会白送。"文文说。

"好的，等一会儿问问她。"

浴室里传出杨晓慧的声音："冰箱里有吃的，你们别客气，自己拿喜欢的吃，知道吗？"

"好的，谢谢晓慧姐姐。"

三个小伙伴望着窗外，雨点在慢慢变小，再过一会儿雨应该会停了。

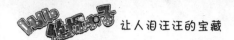

淘淘看着一张一张的奖状，发现了一个很奇怪的地方。

这时，杨晓慧走出了浴室。

"晓慧姐姐，你最喜欢的东西是什么？"文文不好意思地笑了笑，"忘了自我介绍了，我叫孔文文。"

"我喜欢的东西可多了，数都数不清。"杨晓慧笑着。

"没有最喜欢的吗？"淘淘走过来问。

杨晓慧想了想，然后神情变得有些忧郁，"口香糖。"

"口香糖？"两个女生没觉察到杨晓慧脸色的变化，"好特殊的喜好呀。"

淘淘望着晓慧姐姐，她是不是有什么心事？口香糖？总不能送她这个吧？

接着，杨晓慧的脸色又起了变化，然后笑开了，"不是说冰箱里有吃的吗？你们怎么不吃呀？"她边说边打开冰箱取食物。

"晓慧姐姐，我是个侦探，如果你有什么需要，我一定会竭尽全力帮你的，我叫孟淘淘。"淘淘抬头挺胸。

"侦……探？"杨晓慧看着淘淘，她的目光有些呆滞，似乎陷入了沉思。

"晓慧姐姐，有个问题想问你。"淘淘说。

杨晓慧没有回应。

"晓慧姐姐？"淘淘望着她，她的脸色有点不对劲。

两个女生急忙问："姐姐，你怎么了？生病了吗？"

此刻，杨晓慧才回过神来，她摇摇头，笑了笑，"你们说什么？"

"晓慧姐姐，为什么你第一次得的奖状和第二次得的奖状已经成碎片了，却还要粘得那么好呢？"淘淘忍不住问，他还发现她是从四年级才开始有奖状的。

"有吗？哪两张？"两个女生走到奖状前，她们一开始并没有发现。

杨晓慧愣了许久，才说："淘淘，你是个当侦探的料，好好努力，以后一定会成为大侦探的。"

淘淘又飘飘然了，但心中却纳闷，晓慧姐姐干吗要避开我的问题呢？

"淘淘，你又做白日梦啦。"安琪看着淘淘傻笑的样子。

"我早晚会梦想成真的，所以不是白日梦。"淘淘乐呵呵地说。

"来，我们一起祝愿淘淘梦想成真。"杨晓慧拿出了很多美味的食物和饮料。

三个小伙伴和杨晓慧美美地吃着，聊着。

倒影 7

学校里，课间。

淘淘、孔文文和安琪围在课桌旁讨论着藏宝图的事。

"淘淘，你对那些图形还有什么新的想法吗？"安琪看着他。

"反正那些图形应该是指某物体的形状，只是我们现在还没有找准地方，真是难办。"淘淘做冥思苦想状。

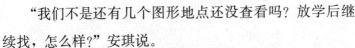

"我们不是还有几个图形地点还没查看吗？放学后继续找，怎么样？"安琪说。

"也只能这样了。"孔文文说。

"你们看了《格林童话》，有什么新发现吗？"淘淘看着她俩。

两个女生摇头。

"要不淘淘你也看看，说不定你有发现呢？"安琪拍了拍淘淘。

"没必要看，那岂不是又走回头路了，到时候反而越搞越乱。"淘淘撇嘴。

"那你问我们干吗？真是的。"安琪瞪了他一眼。

"我觉得你们两个并不笨呗，问问不行吗？"淘淘笑着说。

"你这话是什么意思？"两个女生不高兴了，淘淘的话有点嘲讽的味道。

"拜托，别那么敏感好吗？"淘淘拍了一下她俩的肩膀。

"嗨！班长，你们在讨论什么秘密呀？"班里的李艺同学凑过来问。

三个小伙伴摇头，微笑道："没有。"

"没有？不说就算了。"李艺嘀咕着走了。

"我们到外面去讨论吧。"孔文文迈开步子。

三个人来到草坪上。

淘淘望着前方的人工湖，湖里有小鱼儿时不时蹦出水面。

这个人工湖是椭圆形的，他们已经查找过了，没有发现第二个符号，便排除了它。

"好好看看校园，淘淘，有些图标可能是隐形的哦。"孔文文望着跳绳的学生。

安琪向湖岸走去，她要去欣赏那些漂亮的鱼儿。

隐形？淘淘望着湖面，呆愣了许久，班长说得有道理，不能只找显眼的物体，迟迟没有找到目标，也许就是因为思路不对。

突然，淘淘跳了起来，"我发现了!"

"发现了什么?"孔文文惊喜地望着他。

"丁零零……"上课铃响了，校园里顿时一片嘈杂声，学生们都往教室奔去。

"放学再说吧。"淘淘也向教室跑去。

孔文文追上去，"先说嘛。"

淘淘没有听见。

安琪跑到孔文文身旁，"文文，怎么了?"

"淘淘有发现了。"

"真的？"

"嗯。"

安琪眼睛一亮，"太好了！哈哈。"

英语课上。

英语老师要求学生把昨天教的英语单词默写出来，她轻轻地走着，巡视着。

安琪刚写好了几个单词，看到老师走过来，便站起来问道："老师，宝贝的英语单词叫什么呀？"

"不是教过了吗？"英语老师疑惑地望着她。

"baby！"安琪说，表情怪怪的，"baby……宝贝，不对呀，baby 不是宝宝的意思吗？"

英语老师这时才明白过来，"你想问的是宝物的英语单词吧？"

安琪赶紧点头："是的，老师。"

"宝物念 treasure。"英语老师笑了笑。

"treasure…"安琪默念着，她现在才知道宝物的英语单词。

淘淘和孔文文都愣住了，这个安琪连上课都想着宝物，真是服了她……

放学后。

淘淘拉着安琪和孔文文朝人工湖跑去。

站在湖岸边，淘淘笑着说："你们发现了什么没有？"

两个女生睁大眼睛细细地瞧着湖里。

过了一会儿，两个女生直摇头，"是什么呀？我们怎么没看见？"

"笨呀，你们，再仔细看看，隐形的东西。"淘淘提示道。

"隐形？"孔文文疑惑地看了一眼淘淘，这不是自己说过的话吗？

"隐形的？淘淘你说什么呀？隐形的东西怎么能看得见呢？"安琪不耐烦地说，"别吊人胃口啦，你——"

"水面上的倒影是什么？"淘淘揭开了隐形的含意。

"倒影？"

"啊……7……数字 7！"

两个女生惊叫。

"对极了！"淘淘笑。

"别自鸣得意啦，那还不是因为得到了我的启示。"孔文文笑。

"哦，看来班长也不比淘淘差嘛。"安琪笑。

淘淘嘟起嘴，"少来了，请问是谁发现的？"

"真是的，你这家伙就喜欢居功自傲。"孔文文笑。

　　"就是，就是。"安琪望着湖里的倒影，这是一幢楼的一角的倒影。

　　"这叫成就感，不是骄傲，你们就爱说我，真是的。"淘淘歪着脑袋看着她们。

　　"好啦，我们开始找宝藏吧。"安琪说话也轻快起来。

　　"这个倒影是实验楼的，我们是不是得去实验楼里找?"孔文文望着实验楼。

113

"去看看吧。"

三个小伙伴跑向实验楼，不过在他们身后却悄悄地跟着一个人，他们浑然不知。

实验楼里，三个小伙伴悄悄地观察着，楼内应该没人，现在是吃饭时间。

"三角形……三角形在哪呀？"安琪嘀咕着。

"一人找一个楼层。"淘淘说着向三楼跑去，实验楼一共就三层。

淘淘打开一些房间查看，没发现有什么特别的，但有的房间是锁着的。

他趴在玻璃窗户下，观察着屋内。

查看了好几个房间，发现了一些三角形的物体，不过那都是各式各样的实验器材，没有什么特殊之处，这让淘淘开始纳闷了，难道不是在楼里？

迅速查看完三楼的房间，淘淘靠在走廊上思考着，三角形的图标应该是指特殊物体才对……

他向走廊的一头走去，到了尽头，他望着楼下的人工湖。

湖里的倒影……难道倒影 7 是指去实验楼的方向，而不是指实验楼？淘淘心想。接着，他向走廊另一头跑去，望向楼下，突然开怀大笑，"哈哈，在那里，三角形找到了，菱形也找到了，居然是在一起的!"

他转身向楼下跑，叫安琪和孔文文也到楼下去。

他们走到实验楼下，安琪和孔文文也看到了，她们都兴奋不已，"找到了! 终于找到了!"

眼前，有一个艺术雕塑是三角形混合体，雕塑旁边有一个菱形的花坛。

淘淘只是一个劲地笑，显得很高兴。

"傍晚，我们就可以明确位置了。"

"对，傍晚……夕阳西下……"安琪咯咯地笑着，"把上次买的小铲子也带上。"

"好饿呀，我们去吃饭吧。"孔文文摸了摸肚子。

"走，好好吃一顿。"

三个小伙伴走远，一个身影慢慢地走了出来，原来是李艺，他早就发现他们三个人这段时间的行为有点古怪，而且经常聚在一起讨论，还不想让人知道。

李艺望着三个小伙伴，心想：找到了? 是什么东西? 安琪向英语老师问的单词也有点怪，她不是最讨厌英语的嘛，经常说英语不好学……她为什么要问宝物的单词? 难道……他们所说的东西是宝物? 真有这种事吗?

种子事件

傍晚，放学后。

三个小伙伴坐在菱形花坛边等待夕阳西下。

李艺就在附近偷偷地观察着他们。

三个小伙伴静静地望着西边，柔和的日光照在他们脸上，红彤彤的。

终于，激动的一刻来临了，最后一束光线照在菱形花坛一角的末端。

三个小伙伴相视一笑，拿出小铲子，开始动手挖了起来。

"这个位置的泥土怎么这么潮湿？"淘淘感到奇怪。

"这个地方有宝藏，宝藏滋润着泥土呗。"安琪乐滋滋地说。

淘淘和孔文文不禁笑了起来，这个安琪，一兴奋起来，连说话都不着边际了。

躲藏着的李艺轻蔑地笑道："宝物？"

没一会儿工夫，三个人挖出了一些东西，他们都惊呆了，是种子，有五六粒，像豆子一样大的种子。

"谁种的？"

"这会不会是暗示我们找对了？种子是暗号，这些种子是不会发芽的。"安琪拿着种子看，种子还很完好，没有破壳出芽。

"那就继续挖吧。"孔文文说。

"等等。"淘淘说着，眼睛盯着别处。

两个女生顺着他的目光望去，三米开外站着一个小女孩，她呆呆地站着，望着三个小伙伴，手里提着一个喷水壶。

"完了！"淘淘脱口而出。

"她是关老师的女儿，叫小樱。"孔文文小声说。

117

安琪没有说话，她也感觉到了，可能有不好的事要发生了。

果然，小樱慢慢地走到他们身旁，看到被挖出来的种子，喷水壶立刻从手中掉落下来。接着，她坐在地上"哇哇哇"地哭了起来。

三个小伙伴一时都不知道该怎么办，一个个面露难色。

而此时只有一个人在笑，那就是李艺，他轻声地说："这三个大笨蛋，看你们怎么办。"

"对不起，小樱，别哭好吗？"安琪哭丧着脸，想哄小樱停止哭泣，"你想吃什么？姐姐买给你吃，你不要哭。"

"不要……呜呜……我的种子……哇哇……"小樱哭

得更厉害了。

"我们帮你重新种回去，好吗?"孔文文哄着她。

"种子挖出来就死了……呜呜……你们害死了我的种子……哇哇……"小樱仍旧哭着。

"谁说会死的? 种子没死，你看它还好好的。"淘淘捧起那几粒种子。

"死了……就是死了……"小樱不依不饶，"姑姑说，种进去就不能挖出来，挖了就会死的……"

三个小伙伴一愣，这是什么种子呀? 这么娇气!

"我们再去买来种，这是什么种子?"淘淘蹲下身，看着小樱。

"姑姑送的……哇哇……我不知道是什么种子……哇哇……只知道是花种子……哇哇……"小樱哭嚷着。

"再这样下去，会被人听到的。"淘淘焦急地看着俩女生，"快点想办法呀!"

"小樱，你先别哭嘛，听我把话说完，好吗?"安琪抚摸着小樱的小脑袋。

小樱没理会她，继续哭着。

三个小伙伴急得团团转。

孔文文急中生智，小孩子毕竟是小孩子，都有一个共同的特点——犯过错误，"小樱，我知道你做了坏事。"

"坏事"刚出口，小樱马上不哭了，她瞪大水汪汪、红红的眼睛看着文文，"姐姐，你怎么知道的？"

孔文文扶起她，拍了拍她身上的尘土，小声说："我看见了，不过我不会说出来的，因为我知道小樱下次不会再犯了，你是乖孩子，我相信。"

小樱低下头，抹着眼泪，"是的，我不会再做错事，我不是故意的，真的不是故意的，我……"

"姐姐不会说出来的，你的种子，姐姐会帮你买的，是花种子对吗？你喜欢什么花？姐姐给你买。"孔文文笑着说。

小樱破涕为笑，"我喜欢梅花，妈妈说冬天里的梅花是最美丽、最坚强的。"

"所以小樱要像梅花一样坚强，知道吗？"孔文文拿出口袋里的手帕，擦拭着她的小脸蛋。

"嗯，我不哭了，我是坚强的女孩。"小樱笑得天真可爱。

淘淘和安琪松了口气，这个小家伙终于被聪明的班长说服了。

李艺望着他们，"看来班长很有两下子。"

待小樱回去后，三个小伙伴待了一会儿，便回家了。原来他们发现那个三角形雕塑是前两年才做的，底座上有标注。

小钟楼

第二天。

三个小伙伴又打听到实验楼后面的菱形花坛也是两年前弄出来的，由倒影推理出来的藏宝位置，又是失败的推理。

没办法，他们又得重新再找了。

淘淘趴在课桌上，默念着："椭圆形、7、三角形、菱形……椭圆形、数字7……椭圆、7、倒影？"

突然，淘淘一下子从椅子上跳了起来，他把安琪和孔文文叫到一边，急忙说：

"我有这么一个设想，可不知道是不是这样。"

"什么设想？"两个女生问。

"昨天，在实验楼上看湖面，我发现了一个现象，椭圆形加上倒影7，看起来像一个大钟。"淘淘说。

"钟？"

"你是说学校里的小钟楼吗？"孔文文问。

"我是这样想的，就是不知道接下去该怎么做？不过我们可以试着先从数字7的角度去找。"淘淘说。

"什么意思？"

"以小钟楼为起点，数字7为方向，朝这个角度向前直走。"淘淘比画了一下。

"好，去试试看。"安琪很心急。

"课间的时间不够，我们等放学吧。"孔文文看了她一眼。

"那……好吧。"

中午，放学后。

三个小伙伴来到小钟楼前，沿着数字7的内角方向前行。

走了一会儿，他们来到了文化长廊。

淘淘抬头望了一眼屋顶，"三角形屋顶，继续向前直走。"

三个人走到长廊尽头，刚跨出门口就看到了菱形，这个菱形是一个天使石雕塑的底座。

　　三个小伙伴站在天使石雕塑前。

"淘淘，是不是还得等夕阳西下？"安琪扭头问。

淘淘盯着天使，天使的一只手指着一个方向。

"淘淘，你在想什么？"孔文文问他。

"天使这个位置，总感觉不是最终地点。"淘淘盯着天使的手。

"为什么？"

"我是说，菱形是最后一个符号，而这个符号，我们找到的是一个雕塑的底座，那么雕塑应该是重点才对，它起到指引的作用，也就是说这个雕塑可以告诉我们真正的宝藏位置。"淘淘推断道。

"天使会说话？"安琪不解其意。

"我知道了。"孔文文把视线放到了天使的手上，"手指的方向就是藏宝地点。"

"是吗？"安琪激动起来，她顺着天使手指的方向望去，"前方的尽头，也就是围墙边，有一棵树，天使手指的就是那棵树，从手到树之间没有任何物体挡着。"

"安琪，有进步嘛，你说到了重点，手指和树之间没有任何遮挡视线的物体。表明我们的推断有可能是正确的，宝藏在那棵树下面。"淘淘笑了笑。

安琪不好意思地笑笑，向那棵树跑去。

"呵呵，安琪还会不好意思。"孔文文笑开了。

"当然了，那可是在我的指引下她才开窍的耶，你说她能好意思吗?"淘淘看着跑远的安琪笑。

"要是让她听到你这样说，嘿嘿！恐怕……"孔文文笑得有点怪。

"别出卖我呀，班长。"淘淘知道班长的意思，安琪听到肯定会让咕噜来"招待"自己的。

"我没那么无聊，快点走吧。"孔文文笑着。

"知道了。"淘淘加快了脚步。

树底下。

三个小伙伴坐在一起，讨论那句话：夕阳西下，留下一抹余温。

"这次还是等夕阳西下吗?"安琪眨着眼睛。

"你别老问这句话嘛，我在想，这句话会不会还有其他的意思。"淘淘手托下巴。

"安琪，我们去买点吃的东西，大家肚子都饿了。"孔文文站起来。

"好的。"安琪瞪了一眼淘淘，臭侦探，老用这口气跟我说话，哼！

淘淘望着身旁的树，思考着。

夕阳西下……西边，树的西面……

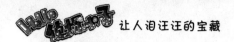

他走到树的西面，离树不远的地方有一块大石头，石面很平滑，可以坐人。

淘淘走过去坐下，"哎哟！烫死了！"他立即跳了起来，石头被太阳晒得滚烫。

他拍了拍屁股回到树底下，还是树下舒服，接着他向树身靠去，拿出藏宝图看着。

这图到底是什么意思呢？难道真的那么简单，就等夕阳西下，找最后一束光的位置？

天使手指向这棵树……难道宝藏就在树底下？夕阳西下？留下一抹余温？淘淘想得头都快爆炸了，依旧想不出……也许问题并不复杂，只是自己想得太多了……只好等到傍晚了。

安琪和孔文文带着食物回来了。

"我们回家吧，我想不出别的含意，傍晚来这里，到时候就知道结果了。"淘淘说着，拿出食物吃起来，"真好吃！"

"走吧。"

寻到宝藏

傍晚，放学后。

三个小伙伴又来到树下。

让大家期待已久的时刻到来了，夕阳的光线停留在树底下的一个位置，片刻过后，光线消失了。

两个女生立刻挖了起来，淘淘站着没动。

"干吗？快挖呀！"安琪抬头看了他一眼。

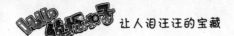

"安琪，说了你别生气啊。"淘淘显得很不安，他不知道怎么开口，原来他把藏宝图弄丢了，放学时才发现的。

"什么事？"安琪停下了手中的活，望着他。

孔文文挖了几下，便把目光转向淘淘。

"我……藏宝图……丢了。"淘淘的声音越来越低。

"什么？"安琪立马跳了起来，"丢了？怎么回事？"

孔文文拿着小铲子，站起来，"别生气，安琪。"

"对不起……我，我也不知道是什么时候弄丢的。"淘淘很愧疚。

"我就知道，我就知道，你不是真心帮我们寻宝的。"安琪有点伤心。

孔文文急忙劝说："我们不是对内容很熟悉吗，没有藏宝图一样找……丢了就丢了，别责怪淘淘了。"

"不挖了，也不找了……"安琪丢下小铲子向校门口跑去。

"安琪，安琪……"孔文文抓起书包，追了过去。

淘淘垂头丧气地背起书包，现在只能回家了，彻底不用再寻宝了，可为什么心底倒感觉空空的呢？

在他身后的树下，挖得不深的小坑里露出了一层塑料膜。

刚走没多远，淘淘的眼前出现了一个人。

淘淘抬起头，"李艺?"

李艺注视着他，"找到宝物没有?"

"你怎么知道?"淘淘疑惑地问。

"给你。"李艺掏出口袋里的一张纸。

淘淘的眼睛顿时一亮，"藏宝图！怎么会在你手里?"

"中午放学，你们在树下待了一会儿，回去时，你把图往口袋里塞，没有完全塞进去，结果掉出来了。"李艺用怪怪的眼神看着他。

"你，你跟踪我们，为什么?"淘淘盯着他，感觉他有点怪。

"一开始是好奇你们的举动，"李艺停顿了一会儿，说，"请帮我找出这张纸的秘密，好吗?"

淘淘愣住，"为什么?"

"我见过这张纸。"李艺平静地说，"这张纸是我表哥的。"

淘淘瞪大眼睛："你见过?"

"是的，很小的时候，我不太记得是几岁了，"李艺回忆说，"我有个表哥，当时我去找他玩，他正呆呆地盯着这张纸，我就爬到桌上去看这纸上的内容，上面的图标我都还记得……我还问他那是什么，他没有说话，样子却非常怪，形容不出来是什么表情。"

"你表哥呢?"

"我们已经好几年没见了。"

"你能联系到他吗?"

"可以。"

"你表哥盯着纸看,也许他也不知道其中的秘密,不过为什么他要把这张藏宝图藏在自己的获奖作品里,还有那句话《白雪公主和七个小矮人》,这究竟是怎么回事?要不你问问他?"

"也许他是故意这么做的,他希望有人能破解这张纸的谜底。"

"照你这么说,我们非得找出图中的秘密啦。"淘淘显得很兴奋,眼都不眨地盯着手上的藏宝图。

"你们在树底下找到了什么?"李艺问。

"这个,怎么说呢……"淘淘想起了安琪生气的样子。

"你和安琪吵架了?"

"嗯。"

"那树下还没查看清楚喽?"

"可以这么说。"

"去看看吧,趁天还没黑。"

"明天再看吧,我有点累,反正我们有的是时间。"淘淘说,心里却在想,藏宝图找到了,安琪不会生气了。

"也好。"

两个男生朝校门口走去，远处传来了孔文文的叫声："淘淘——"

孔文文朝他们跑来，安琪跟在她后面。她把安琪劝好了，安琪当时也只是一时冲动，听了班长的劝说，就知道自己太过火了。于是她们便回头去找淘淘，想跟他说安琪不生气了，最重要的是树下的地点，她们只挖了一点，不想半途而废，毕竟花了那么多精力寻宝。

两个男生站住了，淘淘赶紧掏出藏宝图，挥动起来，"安琪，我找到藏宝图了！"

安琪不好意思地跑了过来，"对不起，我不该生气。"

"呵呵……"淘淘傻笑着。

"咦，李艺，你怎么会和淘淘在一起？"孔文文盯着李艺。

李艺看着他们，没有说话。

"他呀，"淘淘看了一眼李艺，"藏宝图被他捡到了，他是来还给我的。而且，他还和这张藏宝图有过一面之缘呢。"

两个女生睁大眼睛，"一面之缘？"

"我们边走边说吧。"淘淘准备向校门口走去，两个女生却拦住了他，"走错了，应该去树下。"

131

"去干吗?"

"我们还没完全挖下去呢,做事情不能半途而废,走吧。"孔文文拉起淘淘的手就走。

"可是,人家很累耶!"淘淘笑着说。

"懒人才会这样说。"安琪笑。

李艺走在后面,说起了他和藏宝图的那一面之缘。

两个女生听后,更加兴奋,藏宝图肯定有宝!

四个人来到树下,看到小坑内露出的塑料膜,他们都惊呆了。

难道真的有宝?淘淘的心跳加速。

"宝物——"安琪兴奋不已,捡起自己之前丢在地上的小铲子,冲到洞口边,"快点挖呀,你们别傻愣着呀。"

挖了一会儿,塑料膜越来越大,原来是塑料袋,袋内装着一个铁盒子,盒子看上去还挺大的。

四个人费了一番工夫,才把铁盒子挖出来。

四个人注视着铁盒子,内心激动不已。

找得那么辛苦,终于找到了!三个小伙伴有点不敢相信这是真的。

"谁来打开盒盖?"

"淘淘的功劳最大,就让他来开吧。"

淘淘点了点头,他难以抑制内心的激动,慢慢地把手

伸到盒盖上，"我要开了哦。"

大家都把眼睛瞪得大大的，似乎怕一眨眼就会错过什么美好的东西。

盖子掀开了，四个人的脸一下子变幻了好几种表情，他们倒吸一口冷气，拼命地揉着眼睛，眼前的东西令他们难以接受。

盒子里装的居然不是宝藏，而是许多漂亮的小玩意儿，似乎是女孩子喜欢的东西，而且样样都是新的，每个东西上面都有标签。其中还有一盒口香糖，也是没开封过的。最显眼的东西是别在盒边的一封信，这封信用塑料膜封得很好，看样子还非常厚。

安琪又燃起了希望，"这信封里面会不会是……好厚啊！"

"看看就知道了。"淘淘说着，拿起信，拆开。

大家的脑袋都凑在了一块，看到信的内容，似乎又被人着实地当头打了一棒子。

信封里面装的是一沓厚厚的信纸——

淘淘拿出信纸，打开来。

三个小伙伴刚看到开头的几个字，就都愣住了，这封信是写给一个叫杨晓慧的，这个名字让他们想到了一个人，就是在书店遇到的晓慧姐姐。

李艺看到中间的一个名字便傻眼了，嘴里喃喃自语："游小西——"

"怎么了？"三个小伙伴望向他。

"我表哥就叫游小西。"

"啊？"

"怎么回事？"

四个人赶紧凑在一起继续看信。

事情原来竟是这样……

五年前的故事

五年前。

南海小学，四年级的教室里。

班长陈京正在和杨晓慧说话。

"杨晓慧，你能不能认真学习呀？你可知道这次和其他学校的比赛，就是因为你拖后腿，我们班才输的。"

杨晓慧低着头，从一年级到现在，她的学习成绩就没

进步过，一直都是班里的最后一名，她也不想那样，也许自己天生就不是读书的料吧。

"说话呀杨晓慧，你每次都不理人，真没礼貌。"说完，班长气呼呼地走开了。

杨晓慧的眼泪已悄悄地滑落，她像往常一样，低着头走出教室。

班里的优等生游小西正和两个男生玩剪刀石头布。

其中一个男生看了一眼离开教室的杨晓慧，说："她又挨班长训话了。"

另一个男生看着游小西，突然笑得很奇怪。

游小西拍了他一下，"干吗呢？笑得那么奸诈，是不

是又有什么鬼主意？"

"你简直就是我肚子里的蛔虫嘛。"男生笑。

"有话快说吧，你——"

"喂，小西，敢不敢跟我赌个大的？"

游小西把头抬得高高的，自信地说："是什么'暴风骤雨'呀，尽管来吧。"

"班里成绩最差的笨女生，如果你能一下子提高她的成绩，就算你厉害，敢不敢赌？"男生说。

另一个男生笑了起来，"这个赌有趣，我也要参加。"

"你说的是杨晓慧吗？"游小西有点犹豫，她可是一块朽木耶，能雕刻得了吗？

"当然是她啦，怎么，不敢啊？"男生盯着游小西，另一个男生则说："是不是太难了？不行的话换别的。"

"难？哼……小事一桩，你们别小看我了，我成绩那么好，人又那么聪明，还有什么事我办不了？"游小西有些心高气傲，同时他爱逞强的心理也在起作用。

"好，一言为定。"两个男生说，"如果你赢了，要什么东西，我们都不会有怨言。当然，要是你输了，我们……哈哈……"

"知道啦，你们这两个'吸血鬼'。"游小西望了一眼窗外，操场上的一角，杨晓慧一个人正在发呆。

137

游小西摸了摸口袋，有一片口香糖，他笑了一下，走出教室。

计划已经在他的心里酝酿着，成不成功就要看自己的造化了。

操场上，游小西慢慢地走近杨晓慧。

杨晓慧没有注意到他的到来，当发现坐在她身旁的，是令人羡慕的优等生游小西时，她赶紧起身要离开。

"等等。"游小西仍坐在草坪上。

杨晓慧后退了几步，没有坐下，也没有看着他，更没有开口说话。

"给你。"游小西掏出口香糖伸到她的手心。

杨晓慧没有回头看是什么东西，犹豫了片刻，她还是抓紧了那个东西，然后又要走开。

"杨晓慧——"游小西终于忍不住开口叫住她，这个女生怎么这么奇怪？

杨晓慧呆立着不动，谁也不知道她在想什么。

游小西站起来，拍了拍屁股上的草屑，"放学后在这里等我，有话跟你说。"

杨晓慧望着远去的游小西，慢慢地把手里的东西移到眼皮底下，摊开手掌一看，是口香糖！

从那一刻起，杨晓慧开始喜欢上了口香糖，每天她都

会嚼口香糖。

放学后。

杨晓慧跨出教室门口远远地就看见游小西，他正坐在操场的一角。

他真的在等自己？他说的是真话，不是开玩笑……

待校园里的人越来越少时，杨晓慧才低着头朝游小西走去。

游小西望着杨晓慧，这个笨女生，居然站在教室门口那么久……害我浪费了那么多时间，回家肯定要挨骂了，他看着手表，太晚回家的话爸妈会认为他贪玩的。

"杨晓慧——"游小西跑向她，拉起她的手向另一个方向跑去。

杨晓慧第一次被男生拉手，一时没反应过来，脸红红的默默地跟着他跑。

经过天使石雕塑，他们来到围墙边的一棵树旁。

游小西松开手，坐了下来。

杨晓慧看了他一眼，站立着。

"站着不累呀？"游小西抬头看她。

杨晓慧走向一旁，在离他一米远的地方坐了下来。

游小西睁大眼睛看她，怪女生！

"杨晓慧，为什么不说话？"

139

杨晓慧慢慢地抬起头，目光仍望着别处，没有说话。

现在游小西终于明白了，怪不得她总是孤孤单单的，她太静了，静得让人感觉不到她的存在。游小西看着她，"杨晓慧，为什么总是低着头？"

杨晓慧依旧沉默。

游小西沉住气，"我知道了，你是不是很自卑？"

杨晓慧怔了一下，扭过脸，看着他，第一次有人说出自己的内心想法。

游小西微笑着，起身坐到她身旁，杨晓慧没有拒绝。

"知道为什么我会成为优等生，成为人人夸奖的聪明小子吗?"游小西注视着她，她摇了摇头。

游小西笑开了，她终于给了回应，下面的事情就好办多了。

接着，他把笑容收了起来，"我爸爸小时候跟你一样，是班里的差生，所以我爸爸希望我能成为人人羡慕的优等生。他给了我很多的学习任务，我没有拒绝，虽然很苦很累，但是我坚持了，因为我爸爸很疼爱我，我不能辜负他的期望。"

杨晓慧听得很入神，脸上有了一些变化，开始有了淡淡的笑容。

"知道我为什么找你吗?"游小西盯着她。

杨晓慧摇头。

"我爸爸经常跟我讲他小时候的事，我发现，你就像我爸爸小时候学习不好，"游小西停顿了一会儿，看见杨晓慧的表情没那么僵硬了，她似乎有所感触，接着他又微笑道，"杨晓慧，我想帮你，帮你提高学习成绩，你愿意吗?"

杨晓慧顿时愣住了，她的眼睛一眨不眨地盯着游小西，第一次有人主动提出要帮助自己，她有些难以相信。

"你愿意吗?"游小西又问了一遍，内心在暗自高兴，鱼要上钩了，早就说过了，什么事都难不倒自己。

杨晓慧第一次展开发自内心的阳光笑容，她点了点头，"谢谢你！"

傍晚，放学后。

游小西和杨晓慧又在树下见面了，这次是游小西正式给杨晓慧辅导功课。

游小西已经跟父母说了，以后放学他会晚半个小时回家，理由是帮助一个学习有困难的同学。他父母听后非常高兴，这样乐于助人的孩子才是最值得家长骄傲的。

杨晓慧也跟父母说了晚半个小时回家，因为班里的优等生要帮助自己提高学习成绩，父母听后简直乐坏了，女儿的学习有希望了。

他们开始一起做功课，杨晓慧的基础很差，做的功课十题错九题，这让她非常沮丧。

游小西便从她的基础上下工夫，一点点地把她往正确的方向引导。

慢慢地她的成绩有了起色，作业本上的红叉叉一点点地变少了，小考成绩从最后一名跳到了倒数第十名。

但杨晓慧还是显得没信心，游小西就常常鼓励她，"你已经有了一点进步，这只是刚刚开始，你的最终潜能还没被完全挖掘出来，现在还在开发之中，但成功离你越来越近了。"

杨晓慧听后很高兴，这么好的同学在帮助自己，自己不能灰心，不能让他失望，更不能让爸妈失望。她暗暗地下定了决心，早晨六点钟起来读书，晚上吃完饭就立刻投入到学习中，直到十二点才睡觉。

时间一天天地过去了，杨晓慧的学习成绩也在一天天提高，她对游小西的感激之情更是日益深厚。

一天，打赌的两个男生找游小西说话，他们说看样子是输定了，游小西则夸下了海口，如果没有让杨晓慧的成绩名列全班前五名，就不能定输赢。两个男生乐了，这个游小西真是骄傲过了头，除非天塌下来，否则游小西说的话不可能成真，于是他们仍继续打着赌。

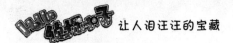

星期六，下午。

游小西打算到杨晓慧家，帮她补习功课，这是游小西第一次去她家，他没有跟她说要去。

他沿着纸上写的地址找杨晓慧的家，这个地址是杨晓慧说的，他偷偷把它记了下来。

穿过一个小巷时，他无意间瞥见了杨晓慧的身影。

游小西躲了起来，杨晓慧只在周末的上午去找他补习，而下午却不去找他，只说下午没有空。

看看她究竟在干什么。

只见杨晓慧在扫地，身后坐着一位老奶奶，正微笑着，亲切地看着杨晓慧。

是她奶奶吗？游小西心想。

"晓慧，休息一下吧，忙了那么久了。"老奶奶笑着说。

"我不累，奶奶，等我把地板打扫干净了，我就要去张爷爷家了，有事找我的话，您就打电话到他家。"杨晓慧边扫边说。

"真是个好孩子。"老奶奶眼中露出赞赏的目光。

游小西被搞糊涂了，不是她奶奶？张爷爷？这是怎么回事？

扫完地，杨晓慧拿出手帕擦了擦脸："奶奶，我走了。"

"好的，路上小心啊。"

"知道了，奶奶。"说完，杨晓慧向另一个方向走去。

游小西悄悄地跟过去。

走了没多远，杨晓慧便在一间不大的房子前停下，嘴里喊道："爷爷，我来了，开开门。"

门开了，一个坐着轮椅的爷爷出来了，他笑容满面，"晓慧，渴吗？先喝口水吧。"

"等我忙完了再喝吧。"说完，她走进屋里，取出一堆脏衣服，在门外的水龙头下洗了起来。

"这么小就干这么多活，太难为你了。"张爷爷显得很过意不去。

145

"不要这样想，爷爷，要是您有孙子，他一定比我还能干。"杨晓慧笑着说。

"孙子……在这个世界上恐怕没有谁能比得上你，你是个善良的天使。"张爷爷慈祥地看着她。

躲在墙角的游小西这时明白了，杨晓慧在帮孤寡老人做好事，这就是她没空的原因。

天使？张爷爷说得真对，杨晓慧是个善良的天使，尽管她的学习成绩不怎么好，但她经常帮助人，经常做好事。游小西顿时犹如做错事的孩子，既惭愧又后悔，自己帮助杨晓慧是出于打赌的原因，而且还自以为是……一个人再怎么聪明，成绩再怎么好，如果没有一颗金子般的心，那都等于零。

"晓慧，你怎么把我给忘了呢？"游小西跳了出来，跑上去，抓过她手中的衣服，笨拙地洗了起来。

杨晓慧一愣，许久没有动。

张爷爷乐呵呵地说："真好，现在的孩子都很有爱心呢。"

"干什么呀？又发呆了，快点干活，一会儿还得一起学习呢。"游小西拍了拍她的手。

杨晓慧注视着他，笑得很甜。

洗完了衣服。两人聚在一起讨论功课。

学习了两个多小时，他们又一起出去散步。

路上，游小西看到街边休闲处的秋千架，便邀杨晓慧去玩。

"坐上去，我推你呀。"游小西笑。

"好啊。"杨晓慧坐在秋千架上，微笑着。

游小西轻轻地推着秋千，秋千慢慢地荡了起来。

"晓慧，说说你的兴趣爱好吧。"游小西看着她。

"啊，平常没事做的时候，就看侦探小说。"杨晓慧浅浅地笑着。

"侦探小说！"游小西显得很兴奋，"我也是个侦探迷，你看的是什么侦探小说？"

"外国的，比如福尔摩斯的故事啊，这段时间忙于学习，就没看了。"

"知道吗？最近我发现了几本好书，是一个新人写的，中国的少儿侦探小说《阳光侦探事件簿》，我看了三本，太棒了，也太感人了。"

"真的吗？那位作家叫什么？下次去书店我要留意一下。"

"阳光慧，她还会陆续推出新书的，我收藏了三本，拿给你看好了。"

"谢谢你，不过，我想学习要紧，看课外书就——"

杨晓慧还没说完，游小西就打断了她的话，"看课外书是必要的，我爸妈从不阻止我看，看课外书能增长见识，你就放心看吧，学习是不会耽误的，更何况还有我帮你，怕什么呢？"

杨晓慧露出甜甜的笑容。

"知道侦探小说里最常见的情节是什么吗？"游小西问她。

"呵呵，外国的侦探小说里总离不开死人，而且似乎是越惨越好，可以达到意想不到的惊悚效果，但是我觉得那样太阴暗了。"

"说得好，你越来越健谈了，没再自我封闭了。"游小西笑的样子天真可爱。

"谢谢你，是你让我变得开朗，变得阳光的。"杨晓慧真诚地说。

游小西反倒不好意思了，沉默了一会儿，他说："阳光慧姐姐的作品，从不出现死人的场面，她写的都是健康的、积极的、阳光的、处处充满爱的好作品，很适合我们看。到时候你看完，我们可以一起探讨。"

杨晓慧点了点头，看着他："你也坐上来，我们一起荡吧。"

游小西笑了笑，坐了上去。

他们微笑着，慢慢地荡着秋千。

随着时间的推移，两人产生了非常真挚的友谊，游小西帮助杨晓慧，已经是发自内心的。他们一有空就在一起讨论阳光慧的作品，渐渐地，阳光慧的作品变成了杨晓慧的挚爱。

为了更好地帮助杨晓慧，游小西到班主任那里申请与杨晓慧同桌，班主任同意了。

一日，数学老师在课上报出同学们期中考试的成绩，当他报出杨晓慧的成绩时，语气有些怀疑甚至有些冷淡，"杨晓慧，99 分。同学们，我们不能自己欺骗自己，对吧？游小西，100 分……"

杨晓慧一听，感觉有些怪怪的，老师似乎是在说自己，老师到底想说什么呢？

游小西碰了碰她，轻声说："恭喜你，放学后好好庆祝一下。"

班里有些同学用怪异的眼神看着杨晓慧。游小西帮助杨晓慧补习功课，这件事情很少有人知道。游小西去班主任那里申请和杨晓慧同桌，也没有人知道。游小西没说，他不想让杨晓慧有心理负担。

下课后，数学老师让杨晓慧帮忙拿一下作业本。

游小西看着她离开，心想，连老师都对她另眼相看，

晓慧太棒了，这么短的时间，进步速度惊人。

"下午，其他科的成绩一公布就知道结果了，我相信晓慧应该都考得不错，数学考了 99 分耶！呵呵。"游小西微笑着走出教室，"这次期中考试她应该能得奖状，得好好祝贺她才行，嗯，买东西送她，送什么好呢？"

操场上，杨晓慧一个人慢慢地走着，泪水落个不停。数学老师刚才私下批评她了，他以为她考试时抄袭了游小西的答案，所以才会考出那么好的成绩，并叫她以后别再干那种事……杨晓慧伤心地跑掉了，数学老师只好直摇头。

游小西远远便发现了杨晓慧不对劲，他跑过去，看见她在擦泪水，疑惑地问："怎么了？谁欺负你了？"

杨晓慧强作镇定，挤出笑容："才没有呢，是，是沙子进眼睛里了。"她不说是担心小西会

去找数学老师，到时候老师会难堪的，小西的好意恐怕会变成……很难想象会有什么后果。

"真的吗？我看看。"游小西挪开她的手，"哎，眼睛这么红，沙子一定跑进去了，我帮你吹吹。"

杨晓慧的内心波动不已，此刻小西的这一句话，温暖着她那受伤的心，她好想哭出来，大哭一场，可是……不可以，她不能哭，她要忍住。如果哭了，小西一定会怀疑的。

风儿轻轻地吹动着她的睫毛，这一股股的暖风是从游小西嘴里吹出来的。

"好了，小西。"杨晓慧急忙说，操场上有不少学生在盯着他们看。

"还难受吗？"游小西问。

"我们回去吧。"说完，她一个人先跑向教室了。

游小西跑在后面，"等等我。"

当杨晓慧走进教室的那一刻，所有在场的同学都望向她。

一种不祥的预感冲击着她的心，她不明白为什么会有这么强烈的感觉。

她走向自己的座位，走到自己的课桌跟前，她惊呆了。

课桌上，自己的数学试卷被平铺开来，上面显眼的

151

99分被人用水彩笔改成了一个大大的"0"，卷子上打钩的地方，全部被画成叉。

杨晓慧望着试卷，心跳差点停止，此时，她竟没有落泪。

全班的同学都怪怪地盯着她。

游小西跨进教室，发现班里的气氛怪异，又看见杨晓慧像个木头人似地傻站着，他冲过去一看，脸顿时涨红了，愤怒的情绪一下子暴发出来：

"谁干的？谁干的？给我站出来！"

班里的同学都没有动，他们只是静静地望着游小西和杨晓慧。

杨晓慧转身，脸上没有任何表情，接着她慢慢地走出了教室。

"晓慧——"游小西不知道该不该追出去，不过他已经明确了一点，他要揪出可恶的作案人。

杨晓慧慢慢地走到一棵树下，望着不远处的天使石雕塑，这是她和游小西最常来的地方。

然后，她坐在草地上，双手抱着膝盖，埋着头大声哭泣着。

第一次蒙受如此巨大的委屈，她没再掩饰，任眼泪肆无忌惮地流淌。

教室里。

游小西拿起杨晓慧的数学试卷，仔细地左瞧瞧，右看看，然后又闻了闻。

班里的同学看着他的举动，都不解其意。

"最好给我站出来，否则让我查出来的话，你就死定了。"游小西瞪着周围的同学说。

"喂，小西，你什么时候和杨晓慧成为好朋友啦？"一个女生问。

"不关你的事。"游小西内心的愤怒还没有平息，"你们谁都逃不了干系。包庇坏家伙，你们……有你们这样的同学，我真是太难过了。"

同学们都呆呆地看着游小西，没说话。

游小西检查了一下课桌椅，桌子上叠在一起的几本书，其中有一本被抽出来，放在了一边。晓慧是把试卷夹在课本里的，就是被抽出来的这本《小学生第一阅读》，而课桌内的书包仍旧很整齐，没有被人动过的痕迹。

看来，那个作案人早就知道晓慧的试卷夹在课本里，能看到晓慧放试卷的人……应该是……

他坐在杨晓慧的位子上，环视着周围的课桌。

"上课的时候，我不小心碰掉了晓慧的书……"游小西嘀咕着，"那么……有可能……"

他看了一眼课桌，课桌的边缘粘了一个已吃过的口香糖，他又盯向地板，地上少了样东西。

他抬起头，把目光放远，望着坐在自己座位周围的同学。

仔细地看了个遍，他轻蔑地笑了笑。

同学们看着他怪异的神情，都显得很纳闷，他们知道游小西是个公认的聪明小子，难道"案件"已经被他侦破了？

游小西走到讲台，拿着粉笔在黑板上写下大大的五个字：作案人班长！

在场的同学们都惊呆了，特别是班长陈京，他一副错愕的表情，别提有多难堪。

游小西狠狠地瞪着他，"班长，你为什么那么做？"

"凭什么说是我？"陈京站起来，语气很冲，"凭什么？

154

就凭你是学习委员？就凭你是优等生？还是凭你是个聪明小子？"

游小西用冷冷的口吻说："就凭我推理的结果！"

推理？同学们疑惑不已，他们都静静地听着他俩的对话。

"有本事你就说具体点，没证据的话可是要出丑的。"陈京不甘示弱。

"麻烦你到讲台来一下。"游小西瞥了他一眼。

"哼！谁怕谁？"陈京走上讲台。

"同学们，我现在说证据了哦。"游小西说，"晓慧的书包很整齐，显然没有被人动过，说明作案人知道她没有把试卷放进书包。晓慧把试卷夹在《小学生第一阅读》里，能看清楚她把试卷夹在哪一本书里的，只有第二排、第三排、第四排的同学，因为我们的座位是在第三排中间，再远的同学是不可能看清楚那本书名的，不信你们试试。如果说，远处的同学可以看到她把试卷夹在书里，也无法确定是哪一本书吧？而且，我还曾碰掉了晓慧的课本，她捡起来是随意叠放在一起的，能这么精确就抽出《小学生第一阅读》的人，只有坐在第一组第四排，靠走道位置的陈京。"

同学们有的听明白了，有的听糊涂了。

"这不是重点，也不算是证据，杨晓慧的邻桌看得不是比我更清楚？你不要冤枉人！"陈京底气十足。

"如果同学们没有听懂前面的话，没关系，关键的部分在后头，"游小西推出一张椅子，"陈京同学，麻烦你坐下来。"

"坐就坐，看你搞什么花样？"陈京气呼呼地。

"抬起你的双脚。"

"抬就抬，看你怎么神气？"

游小西笑了一下，看着大家："你们看到什么了？"

"班长的鞋子上有东西。"一个同学说。

陈京一愣，脸上的得意劲没了。

"口香糖。"

"还有一小片纸。"

同学们互相看来看去。

"对，口香糖，纸片。"游小西看着大家，"班里谁最喜欢吃口香糖？"

"杨晓慧……"

"难道别人就不能吃口香糖吗？"陈京笑了起来，放下双脚，"我在操场上粘的。"

"别那么急放下脚嘛，我的话还没说完呢。"游小西看着他。

五年前的故事

陈京只好又抬高双脚，"想干吗？快点！"

"同学们似乎没有注意到。"游小西说，接着他在黑板上写了几个数字。

"什么？"

"注意什么？"

"他写数字干什么？"

同学们议论纷纷。

写完后，游小西继续说："晓慧有一个习惯，吃完口香糖，把它粘在课桌的边缘，等到放学后再丢掉，为什么她不在课间丢进垃圾桶呢？因为晓慧学习很刻苦，经常做练习题，做错时就会撕掉重做，撕掉的纸，她喜欢把它粘在口香糖上。今天她的课桌上有两块口香糖，一块粘了纸片，一块没有粘上，纸片上有几个数字是她家的电话号码，本来是写给我的，结果写错了，她就撕掉了那一小片纸，然后粘在口香糖上，请问带有数字的纸片和口香糖，为什么会从课桌的边缘跑到陈京的脚下？恐怕是他不小心蹭掉，然后又踩到才粘上去的吧。"

说完，游小西抓起陈京的一只脚，揭下纸片，递给同学们，让他们一一传看。

陈京低下头去。

同学们也低下头去。

157

一个女同学上前一步说:"对不起,我们都看见班长那样做了,但是他警告我们,如果说出来,就要抓我们的小辫子,到时候班主任就会……我们害怕。"

"'对不起'不应该跟我说,应该是跟晓慧说。"游小西望向早已站在门口的杨晓慧。

同学们都回头望去,齐声说:"晓慧,对不起!"

"你们有什么好对不起的,"陈京突然大声说,"杨晓慧的考试答案是抄袭游小西的,那根本就是假成绩,虚伪!"

杨晓慧没有说话,眼睛红红的。

同学们开始七嘴八舌议论开了:

"班长说的是真话吗?"

"她进步这么快,我也有点怀疑。"

"是呀,难以相信。"

"可是,她很努力,我们也知道的。"

"同学们,杨晓慧的好成绩完全是她自己辛苦得来的,没有任何的作假,我给她辅导过,她自己也非常努力。"说着,游小西走到杨晓慧的课桌前,取出杨晓慧的书包,从里面拿出一本厚厚的日记本,"你们自己看看她是如何走向成功的,这里面记录着她的努力和汗水。"

话都说到这份上了,谁都不再有任何异议了,事实胜于雄辩,杨晓慧已是由毛毛虫蜕变的蝴蝶,她也有自己优异、美丽的一面。

"告诉你们吧，晓慧每周末都会去帮助有困难的老人，你们谁能做到，啊？"游小西大声地说。

同学们一听，羞愧难当。

"你们认为陈京这样的人，能当班长吗？"游小西说。

"不能。"同学们都摇头。

陈京没脸待在班里了，他正要走出教室，杨晓慧拦住了他。

"对不起，别再让我难堪了。"陈京垂头丧气。

"陈京还是班长，我觉得他当班长很合适，谁都有做错事的时候，没理由因为这样就不让他当班长，我相信他以后一定会做得更好，况且班长也非常维护我们班，不是吗？"杨晓慧诚恳地说。

同学们都听得一愣一愣的，游小西不禁鼓起了掌，接着所有的同学也鼓起了掌。

陈京无地自容地站着，但他还是说了句："谢谢你，晓慧。"

杨晓慧笑了笑，走到游小西跟前，轻声地说："我们出去走走。"

两人走在校园里。

杨晓慧看着他："小西，你是怎么发现作案人是班长

的？那张纸片可是在脚底下耶，你怎么这么肯定是他？如果纸片上没有数字，那……"

游小西看着她，笑笑："班长一到下课就会主动擦黑板，你的试卷上，还有书本上落了不少的粉笔灰，凭这一点我就断定是他干的。至于脚下的纸片，是他自己故弄玄虚，才让我发现的。"

"故弄玄虚？"杨晓慧不解。

"我断定是他后，就一直盯着他的一举一动，他发现我在看他，显得很不自在，可能是为了不让我发现他的慌张，他跷起二郎腿晃来晃去的，这才让我看到的。"游小西说起这些就想笑，"那家伙做贼心虚。"

杨晓慧也笑开了。

放学后。

杨晓慧对游小西说："今天我得提前回家，我妈妈感冒了，我要回去做饭给妈妈吃。"

"好的，"游小西好奇地问，"你会做饭？"

"呵呵，方便面。"杨晓慧不好意思地跑开了。

"方便面？"游小西忍不住笑了笑。

"小西。"和他打赌的两个男生叫住了他。

游小西早忘记了打赌这件事，"什么事？"

"我们输了，听班主任说晓慧排在第三名。"

"哦——"游小西刚明白过来，猛然间又紧张了起来，"这次的打赌不算，你们别再提起哦，我不要什么奖品了。"

"啊？这怎么行？"

"不是说了嘛，不要，别再说了，特别是在晓慧面前，这件事，你们还跟谁提过吗？"

"我们输了就要兑现承诺，说吧，你要什么？"其中一个男生说。

"拜托你们了。"游小西说。

"明明说好了嘛，只是打赌才去帮助杨晓慧的，奇怪，你真不要任何东西了？"另一个男生说，"糟糕，我跟一个女生说了。"

"谁？"游小西的心一紧。

"我的邻居，不过她已经是中学生了。"

"吓我一跳，要是让晓慧知道我是因为跟别人打赌，为了吹嘘自己的本事，才去接近她，才去帮助她补习功课……"游小西说得心里发慌，他有点担心。

教室门外站着一个女生，她居然是杨晓慧，她只听到游小西刚刚说的这段话，好心情一下子沉落到深深的谷底，她感觉双脚好像灌满了铅，沉重得难以挪步。

她忍着巨大的伤痛偷偷跑开了。原来她忘了拿《阳光侦探事件簿》，书还在课桌里，走了没多远，突然想到，

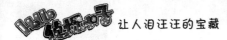

她便急忙跑回教室，一到门口就听到游小西说的话。

教室里的三个男生根本就没发现杨晓慧，仍继续聊着，游小西说，他很珍惜和杨晓慧之间的友谊，没有什么比这更重要了……

可惜这些话，杨晓慧没有听到。她在路上飞奔，整颗心几乎要崩溃了，眼泪再一次夺眶而出，游小西，游小西……游小西……他居然是因为打赌才接近自己，才那么积极地帮助自己，他并不是真心的……还说放学后要好好庆祝……原来是庆祝他赌赢了……坏家伙……大大的坏家伙！

今天伤心了好几次，这一次是伤得最重的，伤得她已经不知道什么才是真，什么才是假，她已分不出真假了。

也许这一切是假的，她真希望她没有听到，她真希望时间可以逆转，这样一切就不会发生，她不会想到去拿书，不会知道有这种事，更不会听到那些令人心碎的话……可是，她的意识告诉她，真的，这是真的，游小西是个骗子，虚伪的骗子，装清高的骗子……

中午。

杨晓慧姗姗来迟，直到快上课才进教室。

游小西从书包里取出《阳光侦探事件簿》，"晓慧，你怎么这么粗心，把书给忘了，给你。"

杨晓慧没有理他，只是拿出了这堂课的书本。

"怎么了？晓慧，感冒了吗？"游小西把头探到她眼前。

"请你不要妨碍我。"杨晓慧一脸冷漠。

游小西傻愣住了，"晓慧，你……你怎么会这样说呢，不对，是我听错了，是不是？晓慧。"他笑着看她。

"你没听错，以后我们不要再说话了。"杨晓慧没有任何表情，眼睛也没有瞥他一眼。

"你在开玩笑，对不对？晓慧。"游小西仍旧微笑着。

"不是开玩笑，你能不能安静点？上课了。"杨晓慧冷

163

冷地说。

游小西怔住了，"为什么？我不明白？"

杨晓慧还是没理他。

无奈，游小西只好沉住气等待，只有课间才有机会问原因。

好不容易挨到下课，游小西正要问清原因，谁知，杨晓慧已快他一步，跑没影了。

游小西唉声叹气地站在教室门口，他张望着，寻找杨晓慧的身影。

人群中杨晓慧正向教室走来，游小西一眼发现便冲上去拦住她。

"为什么？为什么不理我？"

"你做的事情你自己知道。"杨晓慧拨开游小西挡路的双手。

"什么事？我做错什么了？你说清楚啊！晓慧。"游小西追上去。

"你不是真心帮助我的，对吧？"杨晓慧气呼呼地跑开了。

游小西呆立在原地，她知道了，怎么回事？她怎么会知道打赌的事？

"晓慧，听我说，"游小西急忙又追过去，"晓慧——"

追到教室里，只见杨晓慧正在收拾书包。

"你在干什么?"游小西焦急地问。

"我们不用再同桌了，班主任同意我的申请了，"杨晓慧看了他一眼，"你申请与我同桌，原来是为了更好地达到目的，你真行!"

"晓慧，不是这样的，真的不是，你听我解释，好吗?"游小西急坏了，因为杨晓慧根本不听他的解释。

一到课间，游小西就想跟她解释清楚，可是他根本没有机会，杨晓慧很能躲，一下课就不知道跑哪去了。

两天后。

游小西忧心忡忡，因为爸妈工作的变动，他要转校了，到别的城市去。

怎么办? 晓慧根本不给他解释的机会。

于是，他写了一封很长的信，还买了一些她喜欢的小礼物，但怎么交给她呢?

课间，他无意间听到杨晓慧与一名女同学聊天。

"敏敏，学校里又进了一本最新的《阳光侦探事件簿》，下午我要去借来看，你不是说要借书看吗? 到时候一起去。"杨晓慧说。

"好的。"敏敏说，"是放学去吗?"

"当然啦。"

正巧，这本书已经被游小西借出来了，他冥思苦想，终于想出了一个好方法。

他知道杨晓慧非常喜欢当红偶像作家阳光慧的侦探作品。她曾说过，只要一有阳光慧的新书，她一定要看，而且她是个有强烈好奇心的女生，两人曾经玩过不少的侦探游戏，她挺有侦探潜质的，所以，他打算用铅笔在书本里加上这句话：《白雪公主和七个小矮人》。

第二堂课课间，游小西急匆匆地跑到图书馆，跟管理员说，请他帮忙在黑板报上写出：《阳光侦探事件簿》明天才会有。管理员答应了。游小西的话太真诚了，似乎不那么做的话就会有什么重大遗憾。

书本还在游小西手里，还有好多事等着他去做呢，这些必须在一天内完成，因为后天他就要跟爸妈到别的城市去了。

放学后，他赶紧把信和礼物用一个大铁盒装起来，然后埋在了那棵他们以前常去的树下。

接着，他走了一遍校园，回忆起他们经常交谈的东西，比如校园的小钟楼，他们常在早上九点半去文化长廊，因为那个课间段较长，还有那个天使石雕塑，游小西常常开玩笑说杨晓慧就是天使的化身，特别是在树下，傍晚放学时，他们在一起学习的半个小时，有时候会休息一下，看看美丽的夕阳，数一数夕阳的光束……他越想越心酸，美好的回忆总是那么短暂，就如同夕阳的最后一抹余晖。

回家后，他找了一张精致的纸，把想到的谜题画好，写上那句话：夕阳西下，留下一抹余温。

拿着这张纸，游小西跟班主任要了展览室的钥匙，他说后天要走了，想欣赏一下自己的作品。

班主任给了他钥匙，他就拿下画，到街上重新装了画框，他要把画了谜题的纸一起装进去。拿着自己的画作回到展览室，游小西忍不住流出了泪珠儿，他对杨晓慧的友情是真心真意的，第一次这么难过……他要走了，不知道能不能与她重拾友谊，他不想带着遗憾离开。

第二天，放学后。

游小西第一个冲到图书馆，还书，还主动自己来放好，他担心管理员放晚了，晓慧就会以为别人借走了。

他急急地把书放到书架上，没来得及看清楚书放没放好，就跑出去了。因为他看到杨晓慧正朝他放书的书架走来，所以才那么着急。

谁知，一个同学正好在那里找书看，胳膊肘不小心碰掉了没有放好的《阳光侦探事件簿》，他没有注意到，书本滑进了一个隐蔽的夹缝里。

　　杨晓慧没有找到《阳光侦探事件簿》，以为别人抢先一步借走了，便另找了其他的书。

　　当她走出图书馆，游小西远远地看到她手里有好几本书，以为她已经借走了。

　　就这样，直到游小西要走的那天，他都没有看到杨晓慧的身影，在车站左顾右盼的他既伤心又失望，在信里，他写下了他们在一起的点点滴滴，写出了自己的内心感受，同时信的结尾说得很清楚，真心希望她能送一下他，不要让他带着遗憾离开……

谁是杨晓慧

看完信，淘淘和李艺的鼻子都酸酸的。

安琪和孔文文更忍不住流出眼泪。

"五年了，五年的误会……"

"晓慧姐姐如果早早地看到信，也许……"

"小西哥哥对晓慧姐姐的友谊是那么深厚……"

安琪百感交集，"原来我最宝贵的东西是——友谊，

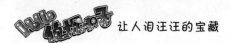

淘淘，这也是我想说的。"

淘淘微笑着，"我也是。"

李艺叹了口气，说："这个游小西是我表哥，这点我能确定，他的绘画作品获奖我是知道的。"

"信中的杨晓慧是我们认识的那个姐姐吗？"孔文文看着大家。

"有可能，晓慧姐姐最喜欢的东西是口香糖，和信中人的爱好是一样的，而且当我说到侦探，她的表情……"淘淘回想着，似乎晓慧姐姐也有侦探情结。

"我们说好要送晓慧姐姐礼物的，"安琪说，"把这些东西送给她，怎么样？"

"如果不是同一个人，只是同名同姓怎么办？"孔文文说。

"是呀，那……"安琪也有点顾虑。

"还好游小西是李艺的表哥，"孔文文说，"关键是杨晓慧……"

"是的，我们怎样做才能知道谁是真正的杨晓慧呢？"淘淘挠着头。

"查一下学校的档案。"李艺提议。

"档案？"

"好办法，可是……"

"没那么容易呀，个人档案，学校才不会轻易拿给你看呢。"

"要不偷偷去看？"孔文文声音很低。

淘淘一听，倒退了好几步，"别再指望我哦。"

"又没让你一个人干，大家一起行动，怎么样？"安琪说。

李艺点头："为了表哥，我同意。"

"我也同意，为了伟大的友谊。"孔文文说。

"淘淘，赶快表态呀。"安琪盯着淘淘。

"我，我……同意。"淘淘无奈，在他的心目中，如果能化解别人之间的误会，才算是个好侦探，更何况是如此令人感动的真挚友谊。

"太好了，明天行动，怎么样？"安琪拍手叫道。

"档案室通常是锁着门的，钥匙还是在教师办公室的右墙角，我曾看见过。"孔文文皱眉。

"怎么偷？"李艺问。

"班长，靠你了。"淘淘看着她。

"我？"孔文文瞪大双眼。

"嗯，还记得丢钥匙吗？你不是有经验了吗？"淘淘眨着眼睛。

"哦——"孔文文恍然大悟，"明白了。"

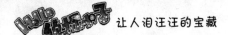

"好，拿到钥匙，放学后进档案室。"淘淘看着大伙。

"好的。"

"加油！"

第二天中午，课间。

孔文文抱着一摞作业本走在数学老师身后，淘淘、安琪和李艺远远地望着孔文文，心中都在祈祷一切要顺利呀。

到了教师办公室，孔文文放下作业本："老师，我好渴，能不能喝口水？"

数学老师点了点头，"去倒吧，顺便也给我倒一杯。"

"好的，老师。"孔文文笑道。

她边走边从口袋里掏出一把钥匙，这是一把新买的钥匙，上面也贴上了标签：档案室。

他们商量好了，这次准备来一个调包计。

孔文文走到饮水机旁边，蹲下身子，一手打开柜子，一手迅速向墙角抛钥匙。

"丁零……"钥匙落地的响声。

身旁的一位老师扭头望去，正准备开口，孔文文抢先说话了，"老师，我去捡，您忙吧。"

"好的。"

孔文文一笑，太好了，还是那么顺利。

她捡起钥匙，用手迅速拨动墙上的一排钥匙，眼疾手快的她，立刻发现了档案室的钥匙，她稍稍动了一下身体，挡住她手中偷换钥匙的动作。

拿到钥匙，她悬着的一颗心也放松了下来。

她又快步走到饮水机旁，取出一次性杯子，接着水，并打算把钥匙放到口袋里。

"文文——"数学老师的叫声。

这一叫着实让孔文文吓了一大跳，正准备放进口袋的钥匙竟被手抖了出来。

"丁零——"钥匙掉了下去。

孔文文的脸，刷地变得苍白，身旁的老师又扭过头来，看了一眼地板上的钥匙，"怎么又掉了？"

孔文文的心跳加快，她眨了眨眼，钥匙上的标签是正对地板的，老师是不会看见标签的。

"我，我的家用钥匙，老师。"孔文文努力让自己镇定下来。

"注意放好，丢了可就麻烦了。"

"谢谢老师的提醒，我会把它挂在身上的。"孔文文俯身捡起钥匙，塞进口袋，转身接了两杯水，向数学老师走去。

"怎么这么慢？快上课了，文文。"数学老师看着她说。

"老师，给你水。"孔文文把一杯水放到桌上，然后一口气喝掉了手中的另一杯水，"我回教室了。"

孔文文刚走出办公大楼，淘淘他们便迎了上来。

"钥匙拿到没？"

"我都快吓出心脏病了，真是太险了。"孔文文现在还未平静下来，要是当时钥匙的标签是正面朝上，那真是有口难言了，后果难以想象。

"发生什么事了？"淘淘他们围着孔文文追问。

"钥匙到手了，就这样。"孔文文笑着说，她才不会说出来呢，她知道一说出来，淘淘肯定会说她笨手笨脚的，保持神秘感那才有意思。

"真是的。"

"发生了什么惊险的事也不说来听听。"

"请问智慧的班长是如何'过关斩将'的？"淘淘歪着脑袋笑。

"这招不管用，"孔文文笑呵呵地，"我可不像你，就喜欢炫耀自己的本事。"

淘淘张大嘴，"我炫耀？班长你可真是哪壶不开提哪壶哦。"

安琪和李艺笑了起来。

放学后。

三个小伙伴和李艺悄悄潜入办公大楼，慢慢溜到档案室的门口。

孔文文拿出钥匙打开门，大家迅速闪了进去。

关好门，四个人便忙活起来。

"档案……学生档案……2003年的档案……"

四个人忙活了一阵，终于翻出了2003年的学生档案。

"看一下有几个叫杨晓慧的。"

"速度!"

"速度加仔细!"

"对，可不能漏看了。"

四个人忙得正欢的时候，门突然打开了，一个大人站在了门口，是数学老师。

四个人都傻愣住，一个个眼睛睁得大大的。

"老师——"

"你们在干吗?"数学老师瞪着他们。

"我们，我们……"

"我就奇怪，今天孔文文的行为如此怪异，只是倒水而已，居然掉了两次钥匙，表情更是别提了，我都看在眼里了，"数学老师瞪着他们，"快说呀，你们在搞什么?"

淘淘向前迈了一步："我们在找杨晓慧姐姐的档案。"

"杨晓慧?"数学老师一愣。

"是的,五年前的杨晓慧。"淘淘说。

"找她干吗?"数学老师很疑惑。

"我们发现了一个秘密,老师。"孔文文靠过来。

"秘密?"数学老师更疑惑了。

孔文文从书包里把游小西写给杨晓慧的信拿出来,递给老师看。

数学老师看着信,表情瞬息万变。

四个人盯着老师，房间里静极了。

数学老师看完信后，激动不已，眼眶中居然泛着泪光，嘴里说着："错了，错了……"

三个小伙伴和李艺都不知所措，"老师怎么了？什么错了？"

数学老师把信递给文文，说："五年前的那一届学生，只有一个叫杨晓慧的。"

三个小伙伴兴奋不已，那个人就是现在读高一的晓慧姐姐喽，一直想不到买什么东西给她，现在终于有好礼物送她了，真是太好了。

"老师，可是，什么……错了？"孔文文问。

数学老师叹了口气，说："杨晓慧成绩很差是公认的，有段时间考试成绩突飞猛进，我一直认为她是抄袭别人的，一直不相信她的进步会那么快，那么惊人……却不知道是友情的力量让她……我还曾经单独找她谈话……我叫她不准再抄袭，我说她不诚实……"老师的话断断续续，满脸愧疚。

"老师……"三个小伙伴和李艺的声音也哽咽了。

许久，三个小伙伴和李艺离开了，数学老师仍呆坐在档案室里。

友谊万岁

次日，星期六。

三个小伙伴带着珍贵的礼物去找杨晓慧。

杨晓慧很高兴地把他们迎进门。

"晓慧姐姐，送给你。"三个小伙伴同时捧着那个铁盒子。

杨晓慧呆愣了一会儿，望着他仨："送给我的?"

"是的，这可是我们三个千辛万苦才找到的哦。"安琪笑着说。

杨晓慧不解，"不太明白啊！"

"打开看嘛。"淘淘催道。

"是啊，快点看，你一定会喜欢的。"孔文文也笑了。

"盛情难却，那我看了。"杨晓慧也笑开了，她把铁盒放在桌子上，掀开盖子的那一刻，她的表情僵住了，许久，她才抬起头望向三个小伙伴，"这，这些……"

三个小伙伴只是微笑着，没说话。

杨晓慧打开厚厚的信纸，刚刚看到开头，她的目光一下子呆滞了，接着眼睛眨了几下，继续看了下去。

一页一页地翻看着，不知不觉她的脸上已泪痕交错。

看完信后，杨晓慧趴在桌子上痛哭起来。

"姐姐……"安琪正要上前，淘淘拦住了她，轻声说，"哭过之后就会好的。"

许久，杨晓慧的哭声才慢慢地停了，她缓缓地抬起头，感激地注视着三个小伙伴，"谢谢你们，我……谢谢你们……"她又看着铁盒里的东西，"那些东西只是我随口说说的，没想到他都记得，还买了……"接着，她双手捂着脸，声音发颤，"小西……对不起……我错怪你了……对不起……"

三个小伙伴沉默了一会儿，淘淘上前，轻声问："晓

慧姐姐，四年级的奖状为什么撕烂了，为什么又粘起来？是因为小西哥哥，还是数学老师？"

"两者都有，"杨晓慧停顿了一会儿，说，"当时粘起来是认为小西毕竟帮过我，没有他的帮助，我是不可能成为优等生的，我其实还是很感激他的，小时候太冲动了，才会导致现在这样的局面。"

"我们有办法帮你。"淘淘看着她。

"真的？"

"嗯，我们班有个同学是小西哥哥的表弟。"安琪凑过来。

"真的吗？"

"对了，晓慧姐姐，数学老师也看过信了，他要我们见到你，跟你说声对不起。"孔文文微笑着说。

杨晓慧会心地笑了，笑得恰似阳光般灿烂。

周日，学校里。

三个小伙伴和李艺躲了起来，他们远远地望着从校门口进来的一个高个男生，他就是已上高中的游小西，李艺叫他来学校一趟，具体原因没说出来。

游小西走了没多远，听到了一个清脆的叫声：

"小西——"

"小……西……"

他回过头，身后有一个女生手捧铁盒正望着自己。

好熟悉的铁盒啊……

游小西不由自主地向她靠近，他已认不出杨晓慧了，杨晓慧变化很大，跟小时候简直判若两人，现在的她看起来既漂亮又可爱。

杨晓慧没有动，她注视着游小西，似乎连自己心跳的声音都能听到，她紧张极了。

"你……是……难道……"游小西注视着她。

"杨晓慧。"杨晓慧说着，眼泪在眼眶里直打转。

游小西怔住了，他的视线久久地停留在了她的脸上。

"对不起，小西，我没有看到信，直到昨天我才看到……"杨晓慧的心里波澜起伏。

"你原谅我了？"游小西轻轻地问。

杨晓慧使劲地点头，眼泪终于忍不住喷涌而出。

"谢谢你，晓慧，可以抱你一下吗？"游小西非常激动，也很感慨。

杨晓慧笑中有泪地点着头。

五年的误会，终于消除了。

真挚的友谊，重新焕发。

巨大的幸福感，冲击着每个人的心灵。

游小西抱紧了她，激动地说："晓慧，友谊万岁！"

"友谊万岁！小西。"杨晓慧幸福地叫道。

不远处，三个小伙伴和李艺都流下泪珠儿，他们把手握在了一起，异口同声地说："友谊万岁！"

食人魔领地

荒野

翼手龙的巨石岭

淘淘、安琪、孔文文、娇娇
四个小伙伴一同来到迷雾森林，可
另外三个小伙伴为营救她，要经过
1. 翼手龙的巨石岭（绕过）
2. 暴龙荒野（绕过）
3. 食人魔领地
4. 迅猛龙平原（躲过迅猛龙攻击）
5. 盘牙瀑布
6. 唤醒迷宫
7. 蘑菇森林
这样才能营救被困的小伙伴，亲爱